Haruki Murakami

且听风吟

HEAR THE WIND SING

風 の 歌 を 聴 け

[日] 村上春树 **著**

林少华 **译**

上海译文出版社

图书在版编目（CIP）数据

且听风吟 /（日）村上春树著；林少华译. —上海：
上海译文出版社，2018.6（2025.10 重印）
ISBN 978-7-5327-7763-1

Ⅰ.①且… Ⅱ.①村… ②林… Ⅲ.①长篇小说—日
本—现代 Ⅳ.①I313.45

中国版本图书馆 CIP 数据核字（2018）第 035546 号

且听风吟
［日］村上春树　著　林少华　译
责任编辑 / 沈维藩　装帧设计 / 千巨万工作室

上海译文出版社有限公司出版、发行
网址：www.yiwen.com.cn
201101　上海市闵行区号景路 159 弄 B 座
上海市崇明县裕安印刷厂印刷

开本 890×1240　1/32　印张 5.25　插页 2　字数 40,000
2018 年 6 月第 1 版　2025 年 10 月第 15 次印刷
印数：470,001—480,000 册

ISBN 978-7-5327-7763-1
定价：48.00 元

人生旅途中的风吟（译序）

林少华

《且听风吟》是村上春树的第一部作品，即处女作，不长，译成中文不到七万字。然而正是这七万字让村上从默默无闻的爵士乐酒吧小老板成了赫赫有名的大作家，因此无论村上本人还是读者和评论家都很看重这部小说。2001 年 8 月，村上应笔者的要求以《远游的房间》为题给中国读者写了一封信，信中这样谈到《且听风吟》（以下简称《风》）的诞生：

> 说起来十分不可思议，三十岁之前我没有想过自己会写小说。还是大学生时结的婚，那以来一直劳作，整日忙于生计，几乎没有写字。借钱经营一家小店，用以维持生活。也没什么野

心，说起高兴事，无非每天听听音乐、空闲时候看看书罢了。我、妻、加一只猫，一起心平气和地度日。

一天，我动了写小说的念头。何以动这样的念头已经不清楚了，总之想写点什么。于是去文具店买来自来水笔和原稿纸(当时连自来水笔也没有)。深夜工作完后，一个人坐在厨房餐桌旁写小说(类似小说的东西)。也就是说，独自以不熟练的手势一点一点做我自己的“房间”。那时我没有写伟大小说的打算(没以为写得出)，也没有写让人感动的东西的愿望。我只是想在那里建造一个能使自己心怀释然的住起来舒服的房间——为了救助自己。同时想道，但愿也能成为使别人心怀释然的住起来舒服的场所。这样，我写了《且听风吟》这部不长的小说，并成了小说家。

进一步具体说来，《风》虽然发表是在1979年，但写的是1978年村上29岁的时候。自1974年开酒吧以来，也是因为想尽快还债的关系，村上一直起早贪晚，忙得不亦乐乎。但那年闲得不行——按村上的说法，大凡开店总会遇上一段低谷——时间多得不知如何打发，于是他去神宫球场（家就在球场旁边）看棒球。那天风和日丽，从中午开始他就歪在外场喝着啤酒看一场开幕赛。他喜欢的是养乐多（YAKULT）队。第一局下半场，这支队里一位名叫希尔顿的来自美国的球员一下子把球击去左场——就好像击在了他的脑袋上，让他脑袋里突然冒出一个念头：写小说！至于二者有什么关联，村上也不晓得。反正那天他喜欢的球队碰巧获胜了，而他碰巧冒出写小说的念头，并且写出了获奖了——获得了日本有名的纯文学杂志《群像》设立的“新人奖”。

获这个奖其实也有偶然性。《风》从四月写到夏日，期间他在准备参加征文活动。因为不知如何应征，就去住处附近一家书店翻阅文学刊物，正好看到《群像》要求征文的长度在二百页稿纸（每页四百字）左右，而他一开始就根本没打算写短篇，于是根据《群像》的要求，以二百页左右把握长度。“就《且听风吟》这部小说来说，我自己也有很多东西不明白。总之这里边写的大部分都是极为下意识地冒出来的。几乎没有算计怎么写，不曾有总体构思什么，反正想写什么就写什么，一路写了下来。这么说或许过于夸张，感觉上就像‘自动记录’似的。在这个意义上，或许是——结果如何另当别论——很有福气的作品。”尽管如此，他还是返工了一次，二百页全部写完后撕掉扔了，又从头写了二百页。重写时只用了原来的故事梗概，其他无论比喻还是什么，再不采取现实主义手法，只管随心所欲或者说开玩笑似的写下去。写着写着，他觉得

"全身的筋肉开始舒展自如"，有了得心应手之感。每天夜里在厨房餐桌边喝啤酒边写，顶多写一个小时，但"很开心"。第二次写完，直接寄给了《群像》编辑部，结果获奖了。"老实说，我没以为会通过。我只是因为想写才写的，写出来的东西放在手上也没用，心想寄出去再说吧。所以复印都没有复印。"

获奖当然让村上高兴和庆幸。而且五名评审委员是以全票通过的，给的评语也饶有兴味，下面引用两段看一下。评委之一、著名作家吉行淳之介这样写道：

> 爽净轻快的感觉下有一双内向的眼，而主人公又很快将这样的眼转向外界，显得那般漫不经心(nonchalant)。能把这点不令人生厌地传达出来，可谓出手不凡。不过，我觉得那不仅仅是技艺，也有作者强调的品性融入其间，对此我予以好评。叫"鼠"的那个少年，归根结蒂想必是主人公(作者)的分身，却大体写得像是另一个人，从中亦可见其手腕。每一行都没多费笔墨，但每一行都有微妙的意趣。此人生死攸关的分界，在于重心是否转移到"技走"上面。

另一位评委、文学评论家丸谷才一指出《风》的风格深受库特·

冯内古特(Kurt Vonnegut)和理查德·布劳提根(Richard Brantigan)等当代美国作家的影响,认为小说是学习美国作家的成功范例,而因其才华,在借鉴的同时也保持了个人特色。丸谷才一接着称赞道:

> 这方面的处理方式有一种或许应该称之为日本式抒情那样的情调。当然,说是作者个性的表现也未尝不可。如果发挥得好,这种以日本式抒情涂布的美国风味小说不久很可能成为这位作家的独创。
>
> 总之才华甚是了得。尤其出色的是小说的流势竟全无滞重拖沓之处。二十九岁的青年写出这样的作品,说明当今日本的文学趣味开始出现大的变化。这位新人的登场固然是一个事件,但给人以强烈印象的,恐怕是来自其背后(我估计)存在的文学趣味的变革。

应该说,这两位评委是很有先见之明的,村上日后的发展程度不同地为其提供了佐证。总之,《风》的获奖使村上的人生风帆彻底改变了航向。"假如落选,那以后恐怕就不会写了。倒是说不清楚,但不先获个奖就难以写下去这一面我想是有的。"小说获奖着实让村上周围的人吃了一惊，与其说是刮目相看，莫如说难以置信，因为大家都认为那不过是再普通不过的小说，甚至有人当面说他获奖是阴差阳错，也有人劝他适可而止别再写下去，好好开酒吧算了。村上当然没听，幸亏没听。哪个国家都不缺少开酒吧的生意人，缺少的是能够提供新颖文学文本的作家。不管怎么说，作家、文学家永远是一个民族的骄傲，是一个民族心灵花园的导游及其自证性(identity)的代言人。

那么，这部小说作为文学文本的新颖之处表现在哪里呢？显而易见，主要表现在它的文体或者说语言风格：简洁明快，爽净直白，节奏短促，切换快捷。如《风》第一节所说的，“没有任何添枝加叶之处”，简直像“一览表”。小说当然是用日语写的，却又不像日语，不像传统的日本文学作品，或者说日语味儿很淡，这点同川端康成和三岛由纪夫等人比较一下就清楚了。村上认为日本小说过于利用“日语性”，以致“自我表现这一行为同日语的特质结合得太深了，没了界线”，而这对他来说实在过于沉重(heavy)。也正因如此，他原来几乎没有当小说家的念头，没以为可以用日语写出小说。“说老实话，写这个的时候我不知怎么写才好。起始用现实主义大致写了一遍，同一故事梗概同一模式，但文体是用既成文体或者说普通小说文体写的。写完一读,实在太差了,觉得该是哪里出了毛病……所以索性推倒重来,开始按自己的喜好写。先用英语写一点点,再翻译过来。结果觉得很顺手,那以后就一直用这种文体。"换言之,《风》的文体一开始乃不得已而为之,尝到甜头后才开始刻意经营——"别人怎么看待我是不大清楚,但如今想来,我觉得自己是将贴裹在语言周身的各种赘物冲洗干净……洗去汗斑冲掉污垢,使其一丝不挂,然后再排列好、抛出去"。他又说将语言洗净后加以组合是他的一个出发点,"我想我是有能力从这里出发组合得更好的,尽管那是非常不完全的、原初性的东西"。日本文学评论界虽然对村上作品议论纷纭,褒贬不一,但对于其文体的看法大体一致,认为有创新性,近乎透明,了无阻翳,可谓开一代新风,甚至认为其文体的新颖意味着他对世界理解的新颖,并非语言的新颖(关井光男)。

《风》还有一个新颖之处或者特点,那就是距离感。可以认为,这部小说一共四十节,最重要的是开篇第一节,这一节点出了村上小说的主要特色,点出了其基本走向和几乎所有的可能性。村上自己也谈到这一点,他在一次接受采访时说,《风》尽管作为小说还很稚嫩,回头读起来让自己觉得脸上发热,但其中毕竟大体提示了他想采用的风格(style)、方向和结构(structure)等等。"所谓处女作在原理上大概便是这么一种东西,有时自己都为之吃惊……另外,关于这部小说我记得最清楚的一点,就是自己想说的几乎全部写在第一节那几页里面了。”而其中写的最多的就是“距离”。村上借虚拟的美国作家哈特费尔德之口这样说道:“从事写文章这一作业,首先要确认自己同周遭事物之间的距离,所需要的不是感性,而是尺度。”随后又提起一次:“我们要力图认识的对象和实际认识的对象之间,总是横陈着一道深渊,无论用怎样长的尺都无法完全测量其深度。”由此可见,村上创作之初就对距离或尺度异常执着,后来发展成了其文学世界一以贯之的整体特色之一。哈佛大学教授杰伊·鲁宾在他的专著《倾听村上春树——村上春树的艺术世界》(Haruki Murakami and the Music of Words,冯涛译,上海译文出版社)也把这点看在眼里:“村上春树了不起的成就在于对一个平凡的头脑观照世界的神秘和距离有所感悟。”也正因为村上如此看重距离、尺度而并不看重感性,所以当别人特别关注其作品的感性,认为他是感性至上主义的时候,他感到非常不快。

那么,距离感具体表现在哪里呢?主要表现在对语言和对人两个方面。首先看他同语言之间的距离。一般认为,以往的日本小说,语言和作家基本捆在一起,作家即语言,语言即作家。语言在作家这个大抽屉里挤得满满的,无论拿出哪一个都带有作家的体温、汗味和喘息,看得读者透不过气翻不过身。但村上不是这样,一如大约最早研究村上的日本文学评论家川本三郎所指出的，村上即使对他使用的语言也采取一种不介入姿态，在自己同语言之间设置开阔地间，保持适当距离。在这个意义上，村上不是将语言视为自身的血肉或心声，而是当成与己无关的独立存在。说得极端些，不是用语言表现自己，而是用语言表现语言。而他像隔岸观火一样看着由语言自身叠积成的小说这一建筑物，甚至对语言同自己的距离采取一种玩世不恭的游戏态度。不过，按村上自己的说法，至少在《风》这部处女作中他并非刻意这样做的。之所以出现距离感，“说到底那是因为尽管我身上有想写什么的欲望，却又没什么东西可写的缘故。这也不想写，那也不想写，如此一来二去，题材就一个也没剩下——虽说不是剥洋葱皮——总之不知道写什么合适，于是心想那么就随意排列语言好了，看它们到底能表现什么。”结果竟成就了他文体的一大特色。话又说回来，随意为之的文字往往发自内在的天性，而天性无疑最为恒久和稳定，所以这种距离感成为村上始终一贯的文体特色也并不奇怪。

其次，距离感还表现在主人公（村上）和他人的关系方面。村上深知现代人每人心里都有自己的秘密或隐痛，很难诉诸语言。正如《风》第一节所说，“直言不讳是极为困难的事。甚至越是想直言不讳，直率的言语越是遁入黑暗的深处”。因此，人与人之间的沟通和理解几乎是不可能的。任何尝试都可能是徒劳的,甚至伤害对方。最为明智的做法就是同对方保持距离,不要靠得太近,更不要动辄强加于人。在这个意义上,距离就是理解,就是温情,就是关心。这是村上小说里的男主人公一贯的做法和姿态。《风》中,“我”把在杰氏酒吧喝得烂醉倒在卫生间地上的女孩开车送回她的宿舍后,陪着赤身裸体的女孩过了一夜,即使这时“我”仍执着于距离:“我最大限度地张开手指,从头部开始依序测其身长。手指挪腾了八次,最后量到脚后跟时还有一拇指宽的距离——大约一米五八。”实际上他也保持了距离,尽管同人事不省且脱得光光的女孩躺在一张床上,但我“什么也没做”。不仅如此,对女孩的内心世界“我”也无意介入,尽量拉开距离。例如后来女孩说她并未旅行,坦言为此说谎骗了“我”。而当女孩问我是否“想听真实的”的时候,我则把话岔开:“去年啊,解剖了一头牛。”女孩很快明白了:“什么也不说就是。”“我”便是通过这种佯作漠不关心的态度表示了他特有的关心。问题是,如果只能以这种保持距离的方式表达关心,那未尝不可以说是现代人、现代社会的一种悲剧,一种矛盾,而这恰恰是村上作品中常见的奇妙张力。

耐人寻味的是,村上对人的距离感或疏离感,甚至不排除自己本身——村上的小说几乎从不直接写自身的经历和体验,不写家庭。他说："如果说《风》这部小说作为小说在某种程度上得以有效成立的话，那么我想是由于把当时能写的和不能写的、应该写的和不应该写的本能地区分筛选的缘故。例如家庭问题和名字问题等一般小说里普遍出现的要素在这里都省略掉了。"这不限于《风》，村上其他作品也几乎同样不出现家庭。出现动物，如猫、狗、袋鼠、大象等等，但不出现家人，如父母和兄弟姐妹等等。妻即使出场也长久不了，不是明确离婚了就是暗中消失了或跟别的男人跑了再不回来。在《风》和后来的《一九七三年的弹子球》、《寻羊冒险记》"青春三部曲"中，村上宁肯写杰氏酒吧的中国调酒师杰对自己的呵护和关照。如《风》接近尾声时，要离开家回东京上学的"我"特意提着小旅行箱直接赶到杰氏酒吧：

> 杰招待了我几瓶啤酒，还把刚炸好的薯片装进塑料袋叫我带着。
>
> "谢谢。"
>
> "不用谢，一点心意……说起来，一转眼都长大了。刚见到你时，还是个高中生哩。"
>
> 我笑着点头，道声再见。
>
> "多保重！"杰说。

平静的淡淡的语气中自有一种不动声色的温情，可以说，杰身上甚至带有几分母爱色彩。

村上为什么把本来最容易写的家庭、家人列入“不能写”或“不该写”的事项而有意同其保持距离呢？村上解释说这是因为他个人不把家庭看得那么重，而这来自他强烈的个人主义倾向。“反正我有相当坚定的意志，不愿意受‘家庭’这个团体——不单单家庭，而是所有团体、组织——的束缚。所以至今都一直没要孩子，因为光是老婆和我就不能称为家庭。这在结果上或许意味着拒绝日本式土壤。说得夸张些，这等于同土著性血脉一刀两断，至少不是仅仅不写什么那样轻描淡写的问题，这点可以断定。”至于为什么不直接写个人经历和体验，村上说他极端讨厌写这个。“例如男女的爱情纠葛就不是什么漂亮玩意儿，总的说来黏乎乎让人不好受。生活本身在很长时间里也是单调的、不是滋味的……这些深深沁入骨髓，但我不想写。讨厌的人周围也有，讨厌的事情也堆积如山，这个那个啰啰嗦嗦……可有这种感受的不止我一个，不好意思大声把它说出来。不得不默默忍受自己处境的人毕竟也是有的。”应该说，这段话村上说得相当坦率。的确，不写个人体验和经历，不写家庭，不写人与人之间黏乎乎湿漉漉的感情冲突，尽可能与之保持距离——其结果，势必导致同“日本式土壤”保持距离，进而同日本这个社会保持距离甚至逃离。距离产生自由，自由是最可贵的。这或许也可以看作村上长时间旅居国外的一个原因。

距离感或疏离感，连同虚无感、孤独感、幽默感，构成了村上作品的基本情调。它无法捕捉，又无所不在，轻盈散淡，又叩击心扉，凉意微微，又温情脉脉，似乎轻声提醒在人生旅途中昼夜兼程疲于奔命的我们：且听风吟……

二零零七年四月十一日于窥海斋

时青岛桃红柳绿芳草萋萋

［附白］ 值此新版付梓之际，依责任编辑沈维藩先生的建议，新写了这篇"个序"代替原来的"总序"，旨在为深度阅读进一步提供若干背景资料，介绍较新的有关见解，也谈了译者个人一点点肤浅的思考。欢迎读者朋友继续不吝赐教，来信请寄：266100 青岛市崂山区松岭路 238 号中国海洋大学外国语学院。

1

“不存在十全十美的文章，如同不存在彻头彻尾的绝望。”

这是大学时代偶然结识的一位作家对我说的话，但我对其含义的真正理解则是在很久很久以后——倒是至少能给我以某种安慰——的确，所谓十全十美的文章是不存在的。

尽管如此，每当我提笔写东西的时候，还是经常陷入绝望的情绪之中。因为我所能够写的范围实在过于狭小，譬如，我或许可以就大象本身写一点什么，但对象的驯化却不知从何写起。

八年时间里，我总是怀有这样一种焦虑和苦闷——八年，八年之久。

当然，只要我始终保持事事留心的好学态度，即使衰老也算不得什么痛苦。这是就一般情况而言。

二十岁刚过，我就一直尽可能采取这样的生活态度，因此不知多少次被人重创，遭人欺骗，给人误解，同时也经历了许多莫可言喻的体验。各种各样的人赶来向我倾诉，然后浑如过桥一般带着声响从我身上走过，再也不曾返回。这种时候，我只是默默地缄口不语，绝对不语。如此迎来了我“二十年代”的最后一年。

而现在，我准备一吐为快。

诚然，难题一个也未得到解决，并且在我倾吐完之后事态怕也依然如故。说到底，写文章并非自我诊治的手段，充其量不过是自我疗养的一种小小的尝试。

问题是，直言不讳是件极为困难的事。甚至越是想直言不讳，直率的言语越是遁入黑暗的深处。

我无意自我辩解。至少这里表述的是现在我所能表述的一切。别无任何补充。但我还是这样想：如若进展顺利，或许在几年或十几年之后可以发现解脱了的自己。到那时，大象将会重返平原，而我将用更为美妙的语言表述这个世界。

文章的写法，我大多——或者应该说几乎全部——是从哈特费尔德那里学得的。不幸的是，哈特费尔德本人在所有的意义上却是

个无可救药的作家。这点一读他的作品即可了然。行文诘屈聱牙，情节颠三倒四，立意浮浅稚拙。然而他是少数几个能以文章为武器进行战斗的非凡作家之一。纵使同海明威、菲茨杰拉德等与他同时代的作家相比，我想其战斗姿态恐怕也毫不逊色。遗憾的是，这个哈特费尔德直到最后也未能认清敌手的面目，这也正是他的所谓无可救药之处。

他将这种无可救药的战斗锲而不舍地进行了八年零两个月，然后死了。一九三八年六月一个晴朗的周日早晨，他右臂抱着希特勒画像，左手拿伞，从纽约帝国大厦的天台上纵身跳下。同他生前一样，死时也没引起怎样的反响。

我偶然搞到的第一本哈特费尔德已经绝版的书，还是在初中三年级——胯间生着奇痒难忍的皮肤病的那年暑假。送给我这本书的叔父，三年后身患肠癌，死的时候被切割得体无完肤，身体的入口和出口插着塑料管，痛苦不堪。最后见面那次，他全身青黑透红，萎缩成一团，活像狡黠的猴。

我共有三个叔父，一个死于上海郊区——战败第三天踩响了自

已埋下的地雷，活下来的第三个叔父成了魔术师，在全国各个有温泉的地方巡回表演。

关于好的文章，哈特费尔德这样写道：

“从事写文章这一作业，首先要确认自己同周遭事物之间的距离，所需要的不是感性，而是**尺度**。”（《心情愉悦有何不好》，一九三六年）

于是我一手拿尺，开始惶惶不安地张望周围的世界。那大概是肯尼迪总统惨死的那年，距今已有十五年之久。这十五年里我的确扔掉了很多很多东西，就像发动机出了故障的飞机为减轻重量而甩掉货物、甩掉座椅，最后连可怜的男乘务员也甩掉一样。十五年里我舍弃了一切，身上几乎一无所有。

至于这样做是否正确，我无从断定。心情变得痛快这点倒是确确实实。然而每当我想到临终时身上将剩何物，我便感到格外恐惧。一旦付诸一炬，想必连一截残骨也断难剩下。

死去的祖母常说：“心情抑郁的人只能做抑郁的梦，要是更加抑郁，连梦都不做的。”

祖母辞世的夜晚，我做的第一件事，是伸手把她的眼睑轻轻合拢。与此同时，她七十九年来所怀有的梦，便如落在柏油路上的夏日阵雨一样悄然逝去，了无遗痕。

我再说一次文章，最后一次。

对我来说，写文章是极其痛楚的事情。有时一整月都写不出一行，有时又挥笔连写三天三夜，到头来却又全都写得驴唇不对马嘴。

尽管这样，写文章同时又是一种乐趣。因为较之生之艰难，在这上面寻求意味的确太轻而易举了。

意识到这一点时我大概还不到二十岁，当时竟惊愕得一星期都说不出话来。我觉得只要要点小聪明，整个世界都将被自己玩于股掌之上，所有的价值观将全然为之一变，时光可以倒流……

等我意识到这是一种错觉，不幸已是很久以后的事了。我在记事簿的正中画一条直线，左侧记载所得，右侧则写所失——失却的、毁掉的、早已抛弃的、付诸牺牲的、辜负的……但我没有坚持写到最后。

我们要力图认识的对象和实际认识的对象之间，总是横陈着一道深渊，无论用怎样长的尺都无法完全测量其深度。我这里所能够书写出来的，不过是一览表而已。既非小说、文学，又不是艺术，只是正中画有一条直线的一本记事簿。若说教训，倒也许多少有一点。

如果你志在追求艺术追求文学，那么去读一读希腊人写的东西好了。因为要诞生真正的艺术，奴隶制度是必不可少的。而古希腊人便是这样：奴隶们耕种、烧饭、划船，而市民们则在地中海的阳光下陶醉于吟诗作赋，埋头于数学解析。所谓艺术便是这么一种玩意儿。

至于半夜三点在悄无声息的厨房寻找电冰箱里的食品的人，只能写出这等模样的文章。

而那就是我。

2

故事从一九七〇年八月八日开始，结束于十八天后，即同年的八月二十六日。

3

“什么有钱人，统统是王八蛋！”

鼠双手扶着吧台，满心不快似的对我吼道。

或许鼠吼的对象是我身后的咖啡豆研磨机也未可知。因为我同他并肩而坐，毫无必要对我特意吼叫。但不管怎样，吼完之后，鼠总是现出一副满足的神情，津津有味地呷着啤酒。

当然，任何人也不会计较鼠的粗声大气。店小人多，险些坐到门外去，人人都同样大吼大叫，光景简直同即将沉没的客轮无异。

“寄生虫！”说着，鼠不胜厌恶似的摇了摇头，“那些家伙一无所能，看见财大气粗满脸神气的家伙，我简直想吐！”

我把嘴唇贴在薄薄的酒杯边上，默默点头。鼠也就此打住，不再言语，烤火似的翻动着搁在桌面上的纤细的手指，反复审视良久。我无可奈何地仰望天花板。这是他的老毛病：不把十根指头依序逐一清点完毕，便不可能再开口。

整个夏天，我和鼠走火入魔一般喝光了足以灌满二十五米长的游泳池的巨量啤酒，丢下的花生壳足以按五厘米的厚度铺满杰氏酒吧的所有地板。否则简直熬不过这个无聊的夏天。

杰氏酒吧的柜台上方，挂着一幅被烟熏得变了色的版画。实在百无聊赖的时候，我便不厌其烦地盯着那幅画，一盯就是几个钟头。那俨然用来进行罗夏测验①的图案，活像两只同我对坐的绿毛猴在相互传递两个漏完了气的网球。

我对调酒师杰这么一说，他注视了好一会儿，不无勉强地应道：那么说倒也是的。

“可象征什么呢？”我问。

“左边的猴子是你，右边的是我。我扔啤酒瓶，你扔钱过来。”

我心悦诚服，埋头喝啤酒。

“简直想吐！”鼠终于清点完手指，重复道。

---

① 瑞士精神病医生罗夏发明的一种性格测验方法。用左右对称的墨迹图版让受测验者回答所看到的为何物，据以判断其性格特征。

鼠说有钱人的坏话，并非今天心血来潮，实际上他对有钱人也是深恶痛绝。其实鼠的家也相当有钱——每当我指出这点，鼠必定说不是他的责任。有时（一般都是喝过量的时候）我补上一句“不，是你的责任”，可话一出口又每每感到后悔。因为鼠说的毕竟也有道理。

“你猜我为什么厌恶有钱人？”这天夜里鼠仍不收口。话说到这个地步还是头一次。

我摇摇脑袋，表示我不知道。

“说白啦，因为有钱人什么也不想。要是没有手电筒和尺子，连自己的屁股都搔不成。”

“说白啦”是鼠的口头禅。

“真那样？”

“当然。那些家伙关键的事情什么也不想，不过装出想的样子罢了……你说是为什么？”

“这——”

“没有必要嘛！当然啰，要当上有钱人是要多少动动脑筋，但只要还是有钱人，就什么也不需要想，就像人造卫星不需要汽油，只消绕着一个地方团团转就行。可我不是那样，你也不同。要活着，就必须想个不停，从明天的天气想到浴盆塞子的尺寸。对吧？”

“啊。”

“就是这样。”

鼠畅所欲言之后，从衣袋里掏出纸巾，出声地擤了把鼻涕，一副无聊的样子。我真摸不准鼠的话里有多少正经成分。

“不过，到头来都是一死。”我试探着说道。

“那自然。人人早晚得死。可是死之前有五十年要活。这个那个地边想边活，说白啦，要比什么也不想地活五千年还辛苦得多。是吧？”

诚如所言。

4

我同鼠初次相见，是三年前的春天。那年我们刚进大学，两人都醉到了相当得了的程度。清晨四点多，我们一起坐进鼠那辆涂着黑漆的菲亚特 600 型小汽车，至于由于什么碰到一起的，我实在记不得了。 大概有一位我俩共同的朋友吧。

总之我们喝得烂醉，时速仪的指针指在八十公里上。我们锐不可当地冲破公园的围墙，压倒盆栽杜鹃，气势汹汹地朝着石柱一头撞去。而我们居然丝毫无损，实在只能说是万幸。

我震醒过来。我踢开撞毁的车门，跳到外面一看，只见菲亚特的引擎盖一直飞到十米开外的猴栏跟前，车头前端凹得同石柱一般形状，突然从睡梦中惊醒的猴们怒不可遏。

鼠双手扶着方向盘，身体弯成两折，但并未受伤，只是把一小时前吃的比萨饼吐到了仪表板上。我爬上车顶，从天窗窥视驾驶席：

“不要紧？”

“嗯。有点过量，竟然吐了。”

“能出来？”

“拉我一把。”

鼠关掉发动机，把仪表板上的香烟塞进衣袋，这才慢吞吞地抓住我的手，爬上车顶。我们在菲亚特的顶棚并肩坐下，仰望开始泛白的天空，不声不响地抽了几支烟。不知为何，我竟想起理查德·伯顿主演的坦克电影。至于鼠在想什么，我自然无从知晓。

“喂，咱们可真算好运！”五分钟后鼠开口道，“瞧嘛，浑身完好无损，能信？”

我点点头：“不过，车算报废了。”

“别在意。车买得回来，运气可是千金难买。”

我有些意外，看着鼠的脸：“你是阔佬不成？”

“算是吧！”

“那太好了！”

鼠没有应声，不大满足似的摇了摇头。“总之我们交了好运。”

“是啊。”

鼠用网球鞋跟碾灭烟头，然后用手指把烟蒂朝猴栏那边弹去。

“我说，咱俩合伙如何？保准无往不胜！”

“先干什么？”

“喝啤酒去！”

我们从附近的自动售货机里买了六听罐装啤酒，走到海边，歪倒在沙滩上一喝而光，随即眼望大海。天气好得无可挑剔。

“管我叫鼠好了。”他说。

“干吗叫这么个名字？”

“记不得了，很久以前的事。起初给人这么叫，心里是不痛快，现在无所谓。什么都可以习惯嘛。”

我俩将空啤酒罐一古脑儿扔到海里，背靠防波堤，把粗呢上衣蒙在脸上，睡了差不多一个小时。睁眼醒来，觉得一股异样的生命力充满全身，甚是不可思议。

“能跑一百公里！”我对鼠说。

“我也能！”

然而当务之急是：将公园维修费分三年连本带利交到市政府去。

5

鼠惊人地不看书。除了体育报纸和直邮广告，我还没有发现他看过其他铅字。我有时为了消磨时间看书，他便像苍蝇盯视苍蝇拍似的盯着书问：

“干嘛看什么书啊？”

“干嘛喝什么啤酒啊？”

我吃一口醋腌竹荚鱼，吃一口蔬菜色拉，看都没看鼠一眼地反问。鼠沉思了五分钟之久，开口道：

“啤酒的好处，在于它能够全部化为小便排泄出去。一出局一垒双杀，什么也没剩下。”

说罢，鼠看着我，我兀自吃喝不休。

“干嘛老看书？”

我把最后剩下的竹荚鱼连同啤酒一起一口送进肚里，收拾一下碟盘，拿起旁边刚读个开头的《情感教育》，啪啦啪啦翻了几页：

“因为福楼拜早已经死掉了。”

“活着的作家的书就不看？”

“活着的作家一钱不值。”

“何以见得？”

“对于死去的人，我觉得一般都可原谅。”我一边回答，一边看着吧台里手提式电视机的重播节目“66 号国道”。

鼠又思忖多时。

“我问你，活生生的人怎么了？一般都不可原谅？”

“怎么说呢，我还真没认真想过。不过，一旦被逼得走投无路，或许是那样的。或许是不可原谅。”

杰走过来，把两瓶新啤酒放在我们面前。

“不原谅又怎么着？”

“抱枕头睡大觉。”

鼠困惑地摇摇头。

“奇谈怪论，我可是理解不了。”鼠说。

我把啤酒倒进鼠的杯子。 鼠再次缩起身子陷入沉思。

“我读最后一本书是在去年夏天。”鼠说，“书名忘了作者忘了，为什么读也忘了，反正是个女人写的小说。主人公是有名的女时装设计师，三十来岁，一门心思以为自己患了不治之症。”

“什么病？”

“忘了，癌什么的。此外还能有不治之症？……这么着，她来到海滨避暑，从来到去一直手淫个不停。在浴室，在树林，在床上，在海里，简直不分场所。”

“海里？”

“是啊。……你能信？何苦连这个都写进小说，该写的题材难道不多的是？”

“怕也是吧。”

“我可不欣赏。那种小说，简直倒胃口。”

我点点头。

“要是我，可就来个截然不同。”

“比如说？”

鼠用指尖来回拨弄着啤酒杯，思索起来。

“你看这样如何：我乘坐的船在太平洋正中沉没了，于是我抓住救生圈，一个人看着星星在夜海漂游。静静的、美丽的夜。正漂之间，发现对面也有一个年轻女子抓着救生圈漂来。”

“女的可漂亮？”

“那是的。”

我呷了口啤酒，摇头道：

“像有点滑稽。”

“老实听着好了。接着，我们两人就挨在一起，边漂边聊。聊来时的途径，聊以后的去处，还有爱好啦，睡过的女孩数量啦，电视节目啦，昨天做的梦啦，等等等等。并且一块儿喝啤酒。”

“慢着，哪里能有啤酒？”

鼠略一沉吟：

“漂浮着的，从轮船食堂里漂来的罐装啤酒，和油炸沙丁鱼罐头一起。这回可以了吧？”

“嗯。”

“喝着喝着，不一会儿，天亮了。女的问我往下怎么办，说她往估计有海岛的方向游。我说估计没有岛屿，还不如就在这儿喝啤酒，飞机肯定来搭救的。可是女的一个人游走了。”鼠停了一下，喝口啤酒。“女的连续游了两天两夜，终于爬上一个孤岛；我么，醉了两天后给飞机救出。这么着，好多年后两人竟在山脚下一家小酒吧里不期而遇。”

“又一块儿喝啤酒了？”

“不觉得感伤？”

“或许。”我说。

6

鼠的小说有两大优点。一是没有性描写，二是一个人也没死。本来人是要死的，也要同女的睡觉，十有八九。

“莫非是我错了？”女的问。

鼠喝了口啤酒，缓缓摇头道：“说白啦，大家都错了。”

“为什么那样认为？”

“噢——”鼠只此一声，用舌头舔了舔上唇，并未作答。

“我拼命往岛上游，胳膊都差点儿累断了，难受得真以为活不成了。所以我好几次这样寻思：说不定是我错你对。我如此拼死拼活地挣扎，而你却干脆一动不动地只是在海上漂浮。这是为什么呢？”

女的说到这里，淡然一笑，转而不无忧伤地揉了一会眼眶。鼠忸忸怩怩在衣袋里胡乱摸来摸去。三年没吸烟了，馋得不行。

“你是想我死了才对？”

“有点儿。”

“真的有点儿？”

“……忘了。”

两人沉默片刻。鼠觉得总该谈点什么才好。

“喂，人生下来就是不公平的。”

“谁的话？”

“约翰 · F · 肯尼迪。”

7

小的时候，我是个十分沉默寡言的少年。父母很担心，把我领到一个相识的精神科医生家里。

医生的家位于看得见大海的高坡地段。刚在阳光朗朗的客厅沙发上坐下，一位举止不俗的中年妇女便端来冰镇橘汁和两个甜甜圈。我小心地——以免砂糖粒落在膝部——吃了半个甜甜圈，喝光了橘汁。

“再喝点儿？”医生问。

我摇摇头。房间里只剩我们两人面面相觑。莫扎特的肖像画从正面墙壁上如同胆怯的猫瞪着我，似乎在怨恨我什么。

“很早以前，有个地方有一只非常逗人喜爱的山羊。”

精彩的开头。于是我闭目想象那只逗人喜爱的山羊。

“山羊脖子上总是挂着一只沉甸甸的金表，呼哧呼哧地到处走个不停。而那只金表却重得出奇，而且坏了不能走。这时兔子朋友赶来说道：‘喂小羊，干嘛总是挂着那只动都不动一下的表啊？又重，又没用，不是吗？’‘重是重，’山羊说，‘不过早已习惯了，重也好，坏了也好。’”

说到这里，医生喝了口自己的橘汁，笑眯眯地看着我。我默默地等待下文。

“一天山羊过生日，兔子送来一个扎着礼品带的漂亮盒子，里面是一只光闪闪的又轻巧走时又准的新表。山羊高兴得什么似的，挂在脖子上到处走给大家看。”

话头突然就此打住。

“你是山羊，我是兔子，表是你的心。”

我感到被人愚弄了，无可奈何地点点头。

每个周日下午，我都乘电车再换公共汽车去一次这位医生家，一边吃咖啡面包卷、苹果酥、薄烙饼和沾蜜糖的羊角包，一边接受治疗。大约花了一年时间，我也因此落得个再找牙医的下场。

“文明就是传达。”他说，“假如不能表达什么，就等于并不存在，懂吗？就是零。比方说你肚子饿了，只消说一句‘肚子饿了’就解决问题。我就会给你曲奇，你吃下去就是（我抓了一块曲奇）。可要是你什么都不说，那就没有曲奇（医生故意使坏似的把曲奇藏在桌子底下），就是零，明白？你是不愿意开口，但肚子空空。这样，你势必想不用语言而表达出来，也就是借助肢体动作。试试看！”

于是我捂着肚子，做出痛苦的神情。医生笑了，说那是消化不良。

消化不良……

接下去是自由讨论。

“就猫说点什么，什么都行。”

我佯装思索，转圈摇晃着脑袋。

“想到什么说什么。”

“猫是四脚动物。”

“象也是嘛！”

“猫小得多。”

“还有呢？”

“猫被人养在家里，高兴时捕老鼠。”

“吃什么？”

“鱼。”

“香肠呢？”

“也吃。”

便是如此一唱一和。

医生讲得不错，文明就是传达。需要表达、传达之事一旦失去，文明即寿终正寝：咔嚓……OFF。

令人难以置信的是，十四岁那年春天我突然犹如河堤决口说了起来。说什么倒已全不记得，总之我就像要把十四年的空白全部填满似的一连说了三个月。到七月中旬说完时，发起四十度高烧，三天没有上学。烧退之后，我终于成了既不口讷又不饶舌的普通平常的少年。

8

大概因为喉咙干渴，睁开眼睛时还不到早晨六点。在别人家里醒来，我总有一种感觉，就好像给人把别的灵魂硬是塞进别的躯体里似的。我勉强从狭窄的床上爬起身，走到门旁的简易洗涤槽，像马一样一口气喝了好几杯水，又折身上床。

从大敞四开的窗口，可以隐约望见海面：粼粼细波明晃晃地折射着刚刚腾起的太阳光。凝目细看，只见脏兮兮的货轮无精打采地浮在水上。看样子将是个大热天。四周的住户仍在酣然大睡，所能听到的，唯有时而响起的电车轨道的碾轧声，和广播体操的微弱旋律。

我赤身裸体地倚着床背，点燃支烟，打量睡在旁边的女郎。从南窗直接射入的太阳光线，一下子洒满了她的全身。她把毛巾被一直蹬到脚底，睡得很香很死。形状姣好的乳房随着不时变得粗重的呼吸而上下摇颤。身体原本晒得恰到好处，但由于时间的流逝，颜色已开始有点黯淡。而呈泳装形状的、未被晒过的部分则白得异乎寻常，看上去竟像已趋腐烂一般。

吸罢烟，我努力回想她的名字，想了十分钟也没想起，甚至连自己是否晓得她的名字都无从记起。我只好作罢，打了个哈欠，重新打量她的身体。年龄离二十还差几岁，总的说来有点偏瘦。我最大限度地张开手指，从头部开始依序测其身长。手指挪腾了八次，最后量到脚后跟时还剩有一拇指宽的距离——大约一米五八。

右乳房的下边有块浅痣，十元硬币大小，如洒上的酱油。小腹处茸茸的耻毛，犹如洪水过后的小河水草一样生得整整齐齐，倒也赏心悦目。此外，她的左手只有四根手指。

9

差不多三个小时过后，她才睁眼醒来。醒来后到多少可以理出事物的头绪，又花了五分钟。这时间里，我兀自抱拢双臂，目不转睛地看着水平线上飘浮的厚墩墩的云絮，看它们变换姿影，向东流转。

过了一会，当我回转头时，她已把毛巾被拉到脖梗，裹住身体，一边抑制胃底残存的威士忌味儿，一边木然地仰视着我。

“谁……你是？”

“不记得了？”

她只摇了一下头。

我给香烟点上火，抽出一支劝她，女孩没有搭理。

“解释一下！”

“从哪里开始？”

“从头啊！”

我弄不清哪里算是头，而且也不晓得怎么说才能使她理解。或许出师顺利，也可能中途败北。我盘算了十秒钟，开口道：

“热固然热，但一天过得还算开心。我在游泳池整整游了一个下午，回家稍稍睡了个午觉，然后吃了晚饭，那时八点刚过。接着开车外出散步。我把车停在海边公路上，边听收音机边望大海。这是常事。

“三十分钟过后，突然很想同人见面。看海看久了想见人，见人见多了想看海，真是怪事。这么着，我决定到杰氏酒吧去。一来想喝啤酒，二来那地方一般都能见到朋友。不料那些家伙不在。于是我自斟自饮，一个小时喝了三瓶啤酒。”

说到这里，我止住话，把烟灰磕在烟灰缸里。

“对了，你可读过《热铁皮房顶上的猫》？”

她不予回答，眼望天花板，活像被捞上岸的人鱼似的把毛巾被裹得严严实实。

我只管继续说下去：

“就是说，每当我一个人喝酒，就想起那段故事，满以为脑袋里马上会咔嚓一声变得豁然开朗。当然实际上没这个可能，从来就没有声音响过。于是一会儿我就等得心烦意乱，往那小子家里打电话，打算拉他出来一块儿喝。结果接电话是个女的……我觉得纳闷儿，那小子本来不是这副德性的。即使往房间里领进五十个女人，哪怕再醉得昏天黑地，自己的电话也肯定自己接。明白？

“我装作打错电话，道歉放下。放下后心里有点怏怏不快，也不知是为什么，又喝了瓶啤酒，但心情还是没有畅快。当然，我觉得自己这样是有些发傻，可就是没奈何。喝罢啤酒，我喊来杰，付了账，准备回家听体育新闻，听完棒球比赛结果就睡觉。杰叫我洗把脸，他相信哪怕喝一箱啤酒，只要洗过脸就能开车。没办法，我就去卫生间洗脸。说实话，我并没有洗脸的打算，做做样子罢了。因为卫生间大多排不出水，积一洼水，懒得进去。出奇的是昨晚居然没有积水，你替积水倒在地板上。”

她叹了口气，闭上眼睛。

“往下呢？”

“我把你扶起，搀出卫生间，挨个问满屋子的顾客认不认得你，但谁都不认得。随后，我和杰两人给你处理了伤口。”

“伤口？”

“摔倒时脑袋给什么棱角磕了一下。好在伤势不重。”

她点点头，从毛巾被里抽出手，用指尖轻轻按了按伤口。

“我就和杰商量如何是好。结果是由我用车送你回家。把你的手袋往下一倒，出来的有钱包、钥匙和寄给你的一张明信片。我用你钱包里的款付了账，依照明信片上的地址把你拉来这里，开门扶你上床躺下。情况就是这样。发票在钱包里。”

她深深吸了口气。

“为什么住下？”

“？”

“为什么把我送回之后不马上消失？”

“我有个朋友死于急性酒精中毒。猛猛地喝完威士忌后，道声再见，还很有精神地走回家里，刷完牙，换上睡衣就睡了。可到早上，已经变凉死掉了。葬礼倒满够气派。”

“……那么说你守护了我一个晚上？”

“四点左右本想回去来着，可是睡过去了。早上起来又想回去，但再次作罢。”

“为什么？”

“我想至少应该向你说明一下发生过什么。”

“倒还蛮体贴的！”

她这话里满是毒刺。我缩了缩脖子，没加理会，然后遥望云天。

“我……说了什么？”

“一点点。”

“是什么？”

“这个那个的，但我忘了。没什么大不了的。”

她闭目合眼，喉头里一声闷响。

“明信片呢？”

“在手袋里。”

“看了？”

“何至于。”

“为什么？”

“没什么必要看嘛！”我兴味索然地应道。

她的语气里含有一种让我焦躁的东西。不过除去这点，她又带给我几分怀旧的心绪。我觉得，假如是在正常情况下邂逅，我们说不定会多少度过一段愉快的时光。然而实际上，我根本记不起在正常情况下邂逅女孩是怎么一种滋味。

“几点？”她问。

我算是舒了口气，起身看一眼桌上的电子闹钟，倒了杯水折回。

“九点。”

她有气无力地点点头，直起身，就势靠在墙上一口喝干了水。

“喝了好多酒？”

“够量。要是我肯定没命。”

“离死不远了。”

她拿起枕边的香烟，点上火，随着叹气吐了口烟，猛然把火柴杆从开着的窗口往港口那边扔出。

“递穿的来。”

“什么样的？”

她叼着烟，再次闭上双眼。“什么都行，求求你，别问。”

我打开床对面的西服柜，略一迟疑，挑了一件蓝色无袖连衣裙递过去。她也不穿内衣，整个从头套了进去，自己拉上背部的拉链，又叹了口气。

“该走了。”

“去哪儿？”

“工作去啊！”

她极不耐烦地说罢，摇摇晃晃地从床上站起。我依然坐在床边，茫然地看着她洗脸、梳头。

房间里收拾得倒还整齐，但也就那个程度，荡漾着一股类似无可奈何的失望气氛，这使得我的心情有些沉重。

六张榻榻米大小的房间一应堆着廉价家具，所剩空间仅能容一个人躺下。她便站在那里梳头。

“什么工作？”

“与你无关。”

如其所言。

一支烟燃完了，我仍一直沉默不语。她背朝着我，只顾面对镜子用指尖不断挤压眼窝下的青晕。

“几点？”她又问。

“九点十分。”

“没时间了，你也快穿衣服回自己家去！”说着，她开始往腋下喷洒雾状香水。“当然有家的吧？”

我道了声“有”，套上T恤，依然坐在床沿不动，再次观望窗外。

“到什么地方？”

“港口附近。怎么？”

“开车送你，免得迟到。”

她一只手紧握发刷，用马上要哭出来的眼神定定地看着我。我想，如果能哭出来，心里肯定畅快。但她没哭。

“喂，记住这点：我的确喝多了，醉了，所以即使有什么不愉快的事，那也是我的责任。”

说罢，她几乎事务性地用发刷柄啪啪打了几下手心。我没作声，等她继续说下去。

“是吧？”

“或许。”

“不过，同人事不省的女孩睡觉的家伙……**分文不值**！”

“可我什么也没做呀！”

她停顿一下，似乎在平抑激动的情绪。

“那，我为什么身子光光的？”

“你自己脱的嘛。”

“不信。”

她随手把发刷往床上一扔，把钱包、口红、头痛药和一些零碎东西塞进手袋。

“我说，你能证明你真的什么也没做？”

“你自己检查好了。”

“怎么检查？”

她似乎真的动了气。

“我发誓。”

“不信。”

“只能信。”我说，心里大为不快。

她再没说下去，把我逐出门外，自己也出来锁上门。

我们一声不响地沿着河边的柏油路行走，走到停车的空地。

我拿纸巾擦挡风玻璃的时间里，她满脸狐疑地慢慢绕车转了一圈，然后细细地盯视引擎盖上用白漆大笔勾勒的牛头。牛穿着一个大大的鼻环，嘴里衔着一朵白玫瑰发笑。笑得十分粗俗。

“你画的？”

“不，原先的车主。”

“干吗画牛呢？”

“哦——”

她退后两步，又看了一气牛头画，随后像是后悔自己多嘴似的止住口。

车里闷热得很。到港口之前她一言未发，只顾用手巾擦拭滚落的汗珠，只顾吸烟不止——点燃吸上两三口，便像检验沾在过滤嘴上的口红似的审视一番，旋即按进车体上的烟灰盒，又抽出一支点燃。

“喂，昨晚我到底说什么来着？”临下车时她突然问道。

“很多很多，嗯。”

“哪怕一句也好，告诉我。”

“肯尼迪的话。”

“肯尼迪？”

“约翰 · F · 肯尼迪。”

她摇头叹息：

“我是什么也记不得了。”

下车之际，她不声不响地把一张一千元钞票塞进后视镜背后。

10

夜里异常热，简直可以把鸡蛋蒸个半熟。

我像往常那样用脊背顶开杰氏酒吧沉重的门扇，深深吸了一口空调机凉飕飕的气流。酒吧里边，香烟味儿、威士忌味儿、炸薯片味儿，以及腋窝味儿、下水道味儿，如同年轮状西餐点心那样重重叠叠地沉淀在一起。

我照例拣吧台尽头的座位坐下，背靠墙壁，四下打量：三个身穿罕见制服的法国水兵及其两个女伴、一对二十岁光景的恋人，如此而已。没有鼠的身影。

我要了啤酒和咸牛肉三明治，掏出书，慢慢地等鼠。

大约过了十分钟，一个叩着一对葡萄柚般的乳房、身穿漂亮连衣裙的三十岁模样的女子进来，在同我隔一个座位的地方坐下，也像我一样环视一圈之后，要了占列鸡尾酒，但只喝了一口便欠身离座，打了个长得烦人的电话。打罢电话，又夹起手袋钻进厕所。总之，四十分钟时间里她如此折腾了三遭：喝一口占列，打一个长电话，夹一次手袋，钻一次厕所。

调酒师杰走到我面前，神色不悦地说：不把屁股磨掉才怪！他虽说是中国人，日语却说得比我俏皮得多。

那女子第三次从厕所返回后，扫一眼四周，滑到我身旁低声道：

“嗯，对不起，能借一点零币？”

我点点头，把衣袋里的零币搜罗出来，排在桌面上：十元的共十三枚。

“谢谢，这下好了。再在店里兑换的话，人家会不高兴的。”

“无所谓，身上的负担倒因此减轻了嘛！”

她微笑点头，麻利地收起硬币，消失在电话机那边。

我索性放下书本，请求把手提式电视机摆在吧台上面，边喝啤酒边看棒球转播。比赛好生了得：光是前四局便有两名投手被打中六球，包括两个本打垒。一个外场投手急出了贫血症，晕倒在地。换投手的时间里，加进六个广告：啤酒、人寿保险、维生素剂、民航公司、炸薯片和卫生巾。

那个像是没女伴的法国水兵手拿啤酒杯来到我身后，用法语问我看什么。

“棒球。”我用英语回答。

“棒球？”

我简单地向他解释了棒球规则：那个男的投球，这个家伙用棒子猛打，跑一圈得一分。水兵盯着看了五分钟，广告开始时，问我为什么自动点唱机里没有约翰尼·哈利迪的唱片。

“没人喜欢。”我说。

“那么，法国歌手里哪个受人喜欢？”

“阿达姆。”

“那是比利时人。”

“米歇尔·波纳雷夫。”

“狗屎！”

说罢，水兵返回自己的桌子。

棒球打到第五局时，那女子总算转回。

“谢谢。让我招待点什么？”

“不必介意。”

“有借必还嘛，我就这个性格，好也罢不好也罢。”

我本想微笑，但未能如愿，只好默默点头。女子用手指叫来杰，吩咐为我来啤酒，给她拿占列。杰准确地点了三下头，消失在柜台里。

“久等人不至，对吧，您？”

“好像。”

“对方是女孩？”

“男的。”

“和我一样。看来我们话能投机。”

我无奈地点头。

“喂，看我像是多少岁？”

“二十八。”

“说谎。”

“二十六。”

女子笑了。

“不过我倒不至于不快。像是单身？还是已有丈夫？”

“猜中有奖不成？”

“未尝不可。”

“已婚。”

“喔……对了一半。上月离的婚。以前跟离婚女子交谈过？”

“没有。不过碰到过患神经痛的牛。”

“在哪里？”

“大学实验室。五个人把它推进教室的。”

女子笑得似乎很快意。

“学生？”

“嗯。”

“过去我也是学生来着，六十年代，蛮不错的时代。”

“什么地方不错？”

她什么也没说，嗤嗤一笑，喝了口占列鸡尾酒，继而像突然想起似的觑了眼表。

“还得打电话。”说着，她提起手袋站起来。

她走掉之后，我的提问因为没得到回答，在空中徘徊了一会儿。

啤酒喝至一半，我叫来杰付账。

“你是要逃？”

“是的。”

“讨厌大龄女人？”

“与年龄无关。总之鼠来时代我问好。”

出店门时，那女子已打完电话，正往厕所里钻第四次。

回家路上，我一直吹着口哨。这是一支不知在哪里听过的曲子，但名字却总也记不起来。是很早以前的老歌了。我把车停在海滨公路上，一面望着黑夜中的大海，一面竭力想那歌名。

是《米老鼠俱乐部之歌》。歌词我想是这样的：

“我们大家喜欢的口令，

MIC·KEY·MOUSE①。”

说不定真的算是不错的时代。

---

① 英语，意为“米老鼠”。

11

〖ON〗

喂，诸位今晚都好？我可是高兴得不得了神气得不得了，恨不能分给诸位一半共享。N. E. B广播电台，现在是大家熟悉的“通俗歌曲电话点播节目”时间。从现在开始到九点，周六夜晚愉快的两小时中，将不停地播放诸位中意的热门歌曲。撩人情思之曲、怀念往昔之曲、舒心惬意之曲、欲舞欲蹈之曲、心烦意乱之曲、令人作呕之曲，一律欢迎，只管打电话点来。电话号码大家知道吧？好吧，注意不要拨错。打的人晦气、接的人烦恼——错误电话千万别打。好了，六点开始受理，受理一个小时，台里的十部电话一阵紧似一阵响个不停。对了，不听听电话铃声？……怎么样，够厉害吧？好——咧，就这声势。尽管打电话，打到手指断掉为止。上星期打来的电话实在太多，多得保险丝都飞了，给诸位添了麻烦。不过这回不要紧，昨天换上了特制电缆，有大象腿那般粗。不，比大象腿、长颈鹿腿还要粗得多，尽管打来就是，放心大胆地打，歇斯底里地打。即使电台里的人全都歇斯底里，保险丝也绝对不会跳开。好么？好——咧，今天实在热得叫人心烦，让我们听一支流行音乐冲淡一下，好吗？音乐的妙处就在这里，同可爱的女孩一样。OK，第一支曲！安安静静地听着，实在妙不可言，热浪一扫而光。布鲁克 · 本顿：《佐治亚的夜雨》。

〖OFF〗

……啊……简直热死了……

……喂，空调不能再放大点？……这里快成地狱了……喂喂，算了算了，我都给汗浸透了……

……对对，是那样的……

……喂，喉咙渴得冒烟了，有谁
给我拿瓶透心凉的可乐来？……放
心，小便什么的无从谈起。我这膀胱
特别强韧……对，无论如何……

……谢谢，由美子，这下可好了……嗬，凉得很……

……喂，没有开瓶器呀……

……胡说，怎么好用牙齿来开？……喂喂，唱片快放完了，没时间了，别开玩笑……听着，开瓶器！

……畜生……

〖ON〗

妙极了，这才叫音乐。布鲁克·本顿，《佐治亚的夜雨》，凉快点了吧？对了，你猜今天最高气温是多少？三十七度，三十七度！就算夏天也热过头了，简直是火炉！三十七度这个温度嘛，说起来与其一个人老实待着，还不如同女孩抱在一起凉快些。不相信？OK，闲话少叙，快放唱片好了。克里登丝 · 清水再现：《香柠檬之恋》。来吧，宝贝！

〖OFF〗

……喂喂，可以了，我已经用麦克风底座打开瓶盖了……

……唔，好喝……

……不要紧，不至于打嗝的，你也真是好担心……

……我说，棒球怎么样了？……其他台正在转播吧？……

……喂，等一下，为什么广播电台没有收音机？这是犯罪……

……明白了，好了好了，这回想喝啤酒了吧，冰凉冰凉的……

……喂，不得了，要打嗝……

……唔……

12

七点十五分，电话铃响了。

此时我正歪在客厅的藤椅上，一边一口接一口喝罐装啤酒，一边抓奶酪椒盐饼干。

“喂，晚上好。我是 N. E. B 广播电台的通俗歌曲电话点播节目。听听广播可好？”

我赶紧把嘴里剩的奶酪椒盐饼干就着啤酒冲进胃袋。

“广播？”

“对，广播。就是文明孕育的……唔……最好的器械。比电动吸尘器精密得多，比电冰箱玲珑得多，比电视机便宜得多。你现在做什么呢？”

“看书来着。”

“咦呀呀，不行啊，那。一定要听广播才行！看书只能落得孤独，对吧？”

“噢。”

“书那玩意儿是煮意大利细面条时用来打发时间才一只手拿着看的，明白？”

“嗯。”

“好——咧……唔……看来我们可以交谈了。我说，你可同不断打嗝的播音员交谈过？”

“没有。”

“那么，今天算首次，听广播的诸位怕也是头一遭。话说回来，你晓得为什么我在播音当中打电话给你？”

“不晓得。”

“实话跟你说，有个……呃……有个女孩要送给你一支点播歌曲。可知道她是谁？”

“不知道。”

“点播的歌曲是沙滩男孩乐队的《加利福尼亚少女》，好个叫人怀念的曲子，怎么样，这回该想起来了吧？”

我沉吟片刻，说根本摸不着头脑。

“哦……这不好办。要是猜对的话，可以送你一件特制 T 恤。

好好想想嘛！”

我再次转动脑筋。觉得记忆的角落里似乎有什么东西时隐时现——尽管极为缥缈。

“加利福尼亚少女……‘沙滩男孩’……怎么，想起来了？”

“如此说来，大约五年前好像一个女孩儿借给我一张同样的唱片。”

“什么样的女孩？”

“修学旅行时我替她找到隐形眼镜，作为回报，她借给了我一张唱片。”

“隐形眼镜？……那唱片你可还了？”

“没有，弄丢了。”

“那不大好。即使买新的也要还回才是。女孩借而不还倒也罢了……呃……自己可不能有借无还，意思明白？”

“明白。”

“那好！五年前修学旅行中失落隐形眼镜的她，当然正在听广播，对吧？噢——她的名字？”

我报出好容易想起的名字。

“啊，看来他准备买唱片送还，这很好……你的年龄？”

“二十一。”

“风华正茂。学生？”

“是的。”

“……唔……”

“哦？”

“学什么专业？”

“生物。”

“嗬……喜欢动物？”

“嗯。”

“喜欢动物什么地方？”

“……是它不笑吧。”

“嘿，动物不笑？”

“狗和马倒是多少笑点儿的。”

“嗬嗬，什么时候笑？”

“开心时。”

我突然感到多年来未曾有过的气愤。

“那么说……噢……狗来当相声演员也未尝不可！”

“你想必胜任。”

“哈哈哈哈哈哈。”

13

《加利福尼亚少女》：

东海岸少女多魅力，
时装都会笑眯眯。
南方少女多矜持，
走路、说话是组装式。
中西部少女多温柔，
一见心脏就跳得急。
北方少女多可爱，
令人浑身流暖意。

假如出色的少女全都是
加利福尼亚州的……

14

第三天下午，T恤便寄来了。

下面是其样式。

15

翌日早晨，我穿上那件棱角分明的崭新的T恤，在港口一带随便转了一圈，然后推开眼前一家唱片店的门。店内没有顾客，只见一个女孩坐在柜台里，以倦慵的神情一边清点单据一边喝可口可乐。我打量了一番唱片架，蓦地发现女孩有点面熟：原来是一星期前躺在卫生间的那个没有小指的女孩。我“噢”了一声，对方不无惊愕地看看我的脸，又看看我的T恤，随后把剩的可乐喝干。

“你怎么知道我在这里做工？”她无奈似的说道。

“偶然，我是来买唱片的。”

“什么唱片？”

“沙滩男孩乐队的《加利福尼亚少女》。”

她不大相信似的点头站起，几大步走到唱片架跟前，像训练有素的狗一样挟着唱片折回。

“这个可以吧？”

我点了下头，手依然插在衣袋没动，环视店内道：

“另外要贝多芬钢琴协奏曲第3号。”

她没有作声，这回拿了两张转来。

“格伦·古尔德[①]演奏和巴克豪斯[②]演奏的，哪个好？”

“格伦·古尔德。”

她将一张放在柜台，另一张送回。

“还要吗？”

“收有《白衣少女》的迈尔斯·戴维斯。”

这回她多花了一些时间，但还是挟着唱片回来了。

“此外？”

“可以了，谢谢。”

她把三张唱片摊开在柜台上。

“这，你全听？”

“不，送礼。”

“倒大方。”

“像是。”

---

① 加拿大钢琴家(1932—1982)。擅长演奏巴赫作品和现代音乐。
② 德国钢琴家(1884—1969)。被称为“键盘狮子王”。

她有点尴尬似的耸耸肩，说“五千五百五十元”。我付了钱，接过包好的唱片。

“不管怎么说，上午算托你的福，卖掉了三张。”

“那就好。”

她吁了口气，坐在柜台里的椅子上，开始重新清点那扎单据。

“经常一个人值班？”

“还有一个，出去吃饭了。”

“你呢？”

“她回来替我再去。”

我从衣袋里掏香烟点燃，望了一会她操作的光景。

“喏，可以的话，一起吃饭好么？”

她眼皮也没抬，摇头道：

“我喜欢一个人吃饭。”

“我也是。”

“是吗？”她不耐烦地将单据推到一边，把“神奇的竖琴师”合唱团重新谱曲的唱片放在唱机上，落下唱针。

“那为什么邀我？”

“偶尔也想改变一下习惯。”

“要改一个人改去，”她把单据换在手上，继续操作，“别管我。”

我点了下头。

“我想上次我说过：你分文不值！”言毕，她撅起嘴唇，用四根手指啪啦啪啦地翻动单据。

16

我走进杰氏酒吧时，鼠正臂肘支在桌上，苦着脸看亨利·詹姆斯[①]那本电话簿一般厚的长篇小说。

“有趣？”

鼠从书上抬起脸，摇了摇头。

“不过，我还真看了不少书哩，自从上次跟你聊过以后。你可知道《较之贫瘠的真实我更爱华丽的虚伪》？”

“不知道。”

“罗杰·瓦迪姆，法国的电影导演。还有这样一句话：‘我可以同时拥有与聪明才智相对立的两个概念并充分发挥其作用。’”

“谁说的，这是？”

“忘了。你以为这真能做到？”

“骗人。”

“为什么？”

“假如半夜三点醒来，肚子里饥肠辘辘，打开电冰箱却什么也没有，你说如何是好？”

鼠略一沉吟，继而放声大笑。我喊来杰，要了啤酒和炸薯片，然后取出唱片递给鼠。

“什么哟，这是？”

“生日礼物。”

“下个月呀！”

“下个月我已不在了。”

鼠把唱片拿在手上，沉思起来。

“是啊，寂寞呀，你不在的话。”说着，鼠打开包装，取出唱片，注视良久。“贝多芬，钢琴协奏曲，格伦·古尔德，伦纳德·伯恩斯坦[2]。哦……都没听过。你呢？”

“没有。”

“总之谢谢了。说白啦，十分高兴。”

---

① 美国小说家（1843—1916）。后加入英国籍。作品有《美国人》、《鸽翼》等。
② 美国指挥家、作曲家（1910—1990）。纽约爱乐乐团指挥。

17

我一连花了三天时间查她的电话号码——那个借给我“沙滩男孩”唱片的女孩。

我到高中办公室查阅毕业生名册，结果找到了。但当我按那个号码打电话时，磁带上的声音说此号码现已不再使用。我打到查号台，告以她的姓名。话务员查找了五分钟，最后说电话簿上没收这个姓名——就差没说怎么会收那个姓名。我道谢后放下听筒。

第二天，我给几个高中同学打电话，询问知不知道她的情况，但全都一无所知，甚至大部分人连她曾经存在过都不记得。最后一人也不知为什么，居然说“不想和你这家伙说话”，旋即挂断了事。

第三天，我再次跑去母校，在办公室打听到了她所上大学的名称。那是一所位于山脚附近的二流女子大学，她读的是英文专业。我给大学办公室打电话，说自己是“味好美”色拉调味酱评论员，想就征求意见事宜同她取得联系，希望得知其准确的住址和电话号码，并客气地说事关重大，请多关照。事务员说即刻查找，让我过十五分钟再打电话，我便喝了一瓶啤酒后又打过去。这回对方告诉说，她今年三月便申请退学了，理由是养病。至于什么病，现在是否恢复到已能进食色拉的地步，以及为何不申请休学而要退学等等，对方则不得而知。

我问她知不知道旧地址——旧地址也可以的，她查完回答说是在学校附近寄宿。于是我往那里打电话，一个大概是女主人的人接起，说她春天就退了房间，去哪里不晓得，接着一下子挂断了电话，仿佛在说也不想晓得。

这便是连接我和她的最后线头。

我回到家，一边喝啤酒，一边一个人听《加利福尼亚少女》。

18

电话铃响了。

我正歪在藤椅上半醒半睡地怔怔注视着早已打开的书本。傍晚袭来一阵大粒急雨，打湿了院子里树木的叶片，又倏然离去。雨过之后，带有海潮味儿的湿润的南风开始吹来，轻轻摇晃着阳台上排列的盆栽观叶植物，摇晃着窗帘。

“喂喂，”女子开口道，那语气仿佛在四脚不稳的桌子上小心翼翼地放一只薄薄的玻璃杯。“还记得我？”

我装出想一会儿的样子，说：

“唱片卖得如何？”

“不大好……不景气啊，肯定。有谁肯听什么唱片呢！”

“呃。”

她用指甲轻轻叩击听筒的一侧。

“你的电话号码找得我好苦啊！”

“是吗？”

“在杰氏酒吧打听到的。店里的人问了你的朋友，就是那个有点古怪的大个子，读莫里哀来着。”

“怪不得。”

沉默。

“大家都挺没趣的，说你一个星期都没来，是不是身体不舒服。”

“还真不知道我会那么有人缘。”

“……在生我的气？”

“何以见得？”

“我说话太过分了么，想向你道歉。”

“啊，这方面你不必介意。要是你还是放心不下，就到公园撒豆喂鸽子去好了！”

听筒那边传来她的叹气声和点香烟的声音，她的身后传来鲍勃·迪伦[1]的《纳什维尔地平线》。大概打的是店里的电话。

“问题不是你怎么感觉的，起码我不应该那样讲话，我想。”

---

① 美国歌星、作曲家（1941—　）。

她一连声地说道。

“挺严于律己的嘛！”

“啊，我倒常想那样做的。”她沉默了一会儿，“今晚可以见面？”

“没问题。”

“八点在杰氏酒吧，好么？”

“遵命。”

“……哎，我碰到好多倒霉事。”

“明白。”

“谢谢。”

她放下电话。

19

说起来话长，我现已二十一岁。

年轻固然十分年轻，但毕竟今非昔比。倘若对此不满，势必只能在星期日早晨从纽约帝国大厦的天台上跳将下去。

以前从一部世界经济危机题材的电影里听到这样一句笑话：

“喂，我从纽约帝国大厦下面路过时经常撑一把伞，因为上面总是噼里啪啦地往下掉人。”

我二十一，至少眼下还没有寻死的念头。在此之前我同三个女孩睡过觉。

第一个女孩是高中同学。我们都十七岁，都深信相互爱着对方。在暮色苍茫的草丛中，她脱下褐色无带鞋，脱下白色棉织袜，脱下浅绿色泡泡纱连衣裙，脱下显然尺寸不合适的式样奇特的三角裤，略一迟疑后把手表也摘了。随即我们在周日版的《朝日新闻》上面抱在一起。

高中毕业没过几个月我们便一下子分道扬镳了。理由已经忘了——是那种可以忘掉的理由。那以后一次也没见过。睡不着觉的夜晚有时想起她，仅此而已。

第二个是在地铁车站里碰见的嬉皮士女孩。年方十六，身无分文，连个栖身之处也没有，而且几乎没有乳房可言，但一对眼睛满漂亮，头脑也似乎很聪明。那是新宿暴发声势最为浩大的示威游行的夜晚，无论电车还是汽车，一律彻底瘫痪。

“在这种地方游来逛去，小心给人拉走哟！”我对她说。她蹲在已经关门的检票口里，翻看从垃圾箱里拾来的报纸。

“可警察会给我饭吃。”

“要吃苦头的！”

“习惯了。”

我点燃香烟，也给她一支。由于催泪弹的关系，眼睛一跳一跳地作痛。

“没吃吧？”

“从早上。”

“喂，给你吃点东西。反正出去吧！”

“为什么给我东西吃？”

“这——”我也不知为什么，但还是把她拖出检票口，沿着已无人影的街道走到目白。

这个绝对寡言少语的少女在我的宿舍住了大约一个星期。她每天睡过中午才醒，吃完饭便吸烟，呆呆地看书，看电视，时而同我进行索然无味的性交。她唯一的持有物是个白帆布包，里边装有质地厚些的风衣、两件T恤、一条牛仔裤、三条脏乎乎的内裤和一包卫生棉条。

“从哪儿来的？”有一次我问她。

“你不知道的地方。”如此言毕，便再不肯开口。

一天我从自选商场抱着食品袋回来时，她已不见了，那个白帆布包也没有了。此外还少了几样东西：桌上扔着的一点零钞、一条香烟，以及我的刚刚洗过的T恤。桌上放着一张留言条模样的从笔记本撕下的纸条，上面只写着一句话：“讨厌的家伙。”想必指我。

第三个是在大学图书馆认识的法文专业女生，次年春假她在网球场旁边一处好不凄凉的杂木林里上吊死了，尸体直到开学才被发现，整整在风中摇摆了两个星期。如今一到黄昏，再没有人走近那座树林。

20

她看上去不大舒适似的坐在杰氏酒吧的桌旁，用吸管在冰块溶化殆尽的姜汁啤酒里来回搅拌。

“以为你不来了。”我坐到她身旁时，她不无释然地说。

“绝不至于说了不算。有事晚了点儿。”

“什么事？”

“鞋，擦皮鞋来着。”

“这双篮球鞋？”她指着我的运动鞋，大为疑惑地问。

“哪里。父亲的鞋。家训：孩子必须擦父亲的皮鞋。”

“为什么？”

“说不清。我想那鞋肯定是一种什么象征。总之父亲每晚分秒不差地八点钟回来，我来擦鞋，然后跑出去喝啤酒，天天如此。”

“良好习惯。”

“真这么认为？”

“嗯。应该感谢你父亲。”

“我是经常感谢，感谢他仅有两只脚。”

她嗤嗤地笑。

“你家一定很气派吧？”

“啊，要是气派加没钱，会乐出眼泪的。”

她继续用吸管头搅拌姜汁啤酒。

“可我家穷酸得多。”

“怎么知道？”

“闻味啊！就像阔佬能闻出阔佬的味道一样，穷人也能闻出穷人的味道。”

我把杰拿来的啤酒倒进杯子。

“父母在哪儿？”

“不想说。”

“为什么？”

“正经人不跟人家讲自家的琐事，对吧？”

“你是正经人？”

她想了十五秒。

“想当正经人，而且相当认真。谁都如此吧？”

对此我决定不予回答。

“不过还是说出为好。”我说。

“为什么？”

“首先，早晚总得向人讲起；其次，我不会再讲给任何人听了。”

她笑着点燃香烟。吐三口烟的时间里，她只是默然注视着拼接桌面的板缝。

“父亲五年前死于脑肿瘤，很惨，整整折腾了两年。我们因此把钱花个精光，分文不剩，而且整个家也来个空中开花，七零八落。常有的事，是不？”

我点点头。“母亲呢？”

“在某处活着，有贺年卡来。”

“像是不大喜欢她？”

“算是吧。”

“兄弟姐妹？”

“有个双胞胎妹妹，别的没有。”

“住哪儿？”

“三万光年之遥。”说罢，她神经质地笑笑，把姜汁啤酒的酒杯拨到一边。“说家里人坏话，的确不大地道，心里不是滋味啊。”

“不必在意。任何人都肯定有他的心事。”

“你也？”

“嗯。时常狠狠捏住刮脸膏空盒落泪。”

她看上去笑得很开心——像是很多年不曾笑过。

“喂，你干嘛喝什么姜啤？”我问，“总不至于戒酒吧？”

“呃……倒有这个打算，算了。”

“喝什么？”

“冰透的白葡萄酒。”

我叫来杰，点了另一瓶啤酒和白葡萄酒。

“我问你，有个双胞胎妹妹，你是怎样感觉的？”

“噢，像有点不可思议。同样的脸，同样的智商，戴同样规格的乳罩……想起来就心烦。”

“常被认错？”

“嗯，八岁以前。八岁那年我只剩下九根手指，就再也没人弄错了。”

说着，她像音乐会上的钢琴家全神贯注的时候一样将双手整齐地在桌上并拢，我拿过她的左手，在低垂的灯光下聚精会神地看着。那是一只像鸡尾酒杯一般的凉冰冰的小手，四根手指令人心情愉快地并列在一起，极为自然，俨然如与生俱来。这种自然程度近乎奇迹，至少比六根手指并列在一起远为得体。

“八岁时小拇指夹进电动清扫机的马达，一下子飞掉了。”

“如今在哪？”

“什么？”

“小拇指呀！”

“忘了。”她笑道，“问这种话的，你是头一个。”

“会意识到没有小拇指？”

“会的，戴手套的时候。”

“此外？”

她摇摇头。“说完全不会是撒谎。不过，也就是别的女孩意识到自己脖子粗些或小腿汗毛黑些那种程度。”

我点了下头。

“你干什么？”

“上大学，东京的。”

“眼下回来探家？”

“是的。”

“学什么？”

“生物学。喜欢动物。”

“我也喜欢。”

我一口喝干杯里的啤酒，抓了几枚炸薯片。

“跟你说……印度帕戈尔布尔[①]一只有名的豹三年吃了三百五十个印度人。”

“真的？”

“包括那只豹在内，人称打豹手的英国人基姆·科尔贝特上校八年时间里杀死了一百二十五只老虎和豹。还喜欢动物？”

她熄掉烟，喝了口葡萄酒，心悦诚服似的望着我的脸：

“你这人真有点与众不同哩！”

---

① 印度东北部比哈尔邦的城市。

21

第三个女朋友死后半个月，我读了米什莱[1]的《女巫》。书写得不错，其中有这样一节：

> “洛林地区的优秀法官莱米烧死了八百个女巫，而他对这种‘恐怖政治’仍引以为自豪。他说：‘由于我的正义播撒太甚，以致日前被捕的十六人不待别人下手，便主动自缢身亡。’”（筱田浩一郎译）

“由于我的正义播撒太甚”，这句话委实妙不可言。

---

① 法国历史学家（1798—1874）。著有《法国史》等。

22

电话铃响了。

我正用冷冷的炉甘石洗脸液洗脸——脸由于整天去游泳池而晒得通红——铃声响过几遍，我只好作罢，将脸上整齐地拼成方格图案的块块棉纱拨掉，从沙发上起身拿过听筒。

“你好，是我。”

“噢。”我应道。

“做什么呢？”

“没做什么。”

我用脖子上缠的毛巾擦了把隐隐作痛的脸。

“昨天真够开心的，好久没这么开心过了。”

“那就好。”

“唔……可喜欢炖牛排？”

“啊。”

“做好了。我一个人要吃一个星期，你不来？”

“不赖啊。”

“OK，一小时后来！要是晚了，我可就一古脑儿倒进垃圾箱。明白？”

“我说……”

“我不乐意等人，完了。”说到这里，没等我再开口便挂断了电话。

我重新在沙发上歪倒，一边听收音机里的“TOP 40”节目，一边出神地望着天花板。十分钟后，我冲了热水淋浴，用热水仔细刮过胡子，穿上刚从洗衣店取回的衬衫和短裤。一个心旷神怡的傍晚。我沿着海滨大道，眼望夕阳驱车赶路。进入国道前，我买了两瓶葡萄酒和一条烟。

她收拾好餐桌，摆上雪白的碟碗，我用水果刀启开葡萄酒的软木塞，放在中间。炖牛排的腾腾热气使得房间异常闷热。

“没想到这么热，地狱一样。”

“地狱更热。”

“像你见过似的。”

“听人说的。由于太热了，等热得快要发狂时，便被送到稍微凉快点的地方，过一会儿再送回原处。”

“简直是桑拿浴。”

“差不多，里边也有些家伙发狂后再也回不到原来的地方。”

“那怎么办？”

“被带到天国去，在那里往墙上刷漆。就是说，天国的墙壁必须时刻保持一色洁白，有一点点污痕都不行，因为影响外观。这样一来，那些从早到晚刷墙不止的家伙，几乎全都得气管炎。”

她再没询问什么。我把掉在瓶内的软木屑小心翼翼地取出，斟满两只杯子。

“冰凉的葡萄酒温暖的心。”干杯时她说道。

“什么啊，这是？”

“电视广告呀。冰凉的葡萄酒温暖的心。没看过？”

“没有。”

“不看电视？”

“偶尔。以前常看。最中意的是《灵犬莱西》，当然是第一代的。”

“到底喜欢动物？”

“嗯。”

“我是有时间就看，一看就一天，什么都看。昨天看生物学家和化学家的讨论会来着。你也看了？”

“没有。”

她喝了口葡萄酒，突然想起似的轻轻摇头道：

“巴斯德①具有科学直觉力。”

“科学直觉力？”

“……就是说，一般科学家是这样思考的：A 等于 B，B 等于 C，因此 A 等于 C，证明完毕。是吧？”

我点头称是。

“但巴斯德不同。他脑袋里装的只有 A 等于 C，无需任何证明。然而理论的正确已经被历史所证明，他一生中有数不清的宝贵发现。”

“种痘。”

她把葡萄酒杯放在桌上，满脸惊诧地看着我说：

“瞧你，种痘不是詹纳吗？你这水平居然也上了大学。”

“……狂犬病抗体，还有减温杀菌，是吧？”

“对。”她得意但不露齿地一笑，喝干杯里的葡萄酒，重新斟

① 法国化学家、微生物学家（1822—1895）。

上。“电视讨论会上将这种能力称为科学直觉力。你可有？”

“几乎没有。”

“有好，你觉得？”

“或许有所用处。和女孩睡觉时很可能用得上。”

她笑着走去厨房，拿来炖锅、色拉盘和面包卷。大敞四开的窗口有些许凉风吹来。

我们用她的唱机听着音乐，不慌不忙地吃着。这时间里她大多问的是我上的大学和东京生活。也没什么趣闻，不外乎用猫做实验（我撒谎说：当然不杀的，主要是进行心理方面的实验。而实际上两个月里我杀死了大小三十六只猫）、游行示威、罢课之类。我还向她出示了被机动队员打断门牙的遗痕。

“想复仇？”

“不至于。”我说。

“那为什么？我要是你，不找到那个警察用铁锤敲掉他好几颗门牙才怪。”

“我是我，况且一切都已过去。再说机动队员全长得一副模样，根本辨认不出。”

“那，岂非毫无意义了？”

“意义？”

“牙齿都被敲掉的意义啊！”

“没有。”我说。

她失望地哼一声，吃了一口炖牛排。

我们喝罢饭后咖啡，并排站在狭窄的厨房里洗完餐具，折回桌旁点燃香烟，开始听摩登爵士四重奏的唱片。

她穿一件可以清楚地看见乳头形状的薄薄的衬衣，腰间穿一条宽松的布短裤，两人的脚又在桌下不知相碰了多少次——每当这时我便觉得有点脸红。

“好吃？”

“好得很。”

她略微咬了下嘴唇：

“为什么我问一句你说一句？”

“这——我的坏毛病。关键的话总是记不起来。”

“可以忠告你一句么？”

“请。”

“不改要吃亏的！”

“可能。和破车一个样，刚修了这里，那里又出问题。”

她笑了笑，把唱片换成马文·盖伊[①]。时针已近八点。

“今天不用擦皮鞋了？”

“半夜再擦，和牙一起。”

她将两只细嫩的胳膊支在桌面上，很是惬意地手托下巴盯住我的眼睛说话。这使我感到十分慌乱。我时而点燃香烟，时而装出张望窗外的样子移开眼睛，但每次她都更加好笑似的盯住不放。

“嗳，信也未尝不可。”

“信什么？”

“上次你对我什么也没做的事呀。”

“何以那么认为？”

“想听？”

“不。”我说。

“知道你这么说。”她扑哧一笑，给我的杯子里斟上葡萄酒，而后眼望窗外，仿佛在思考什么。

“我时常想：假如活着不给任何人添麻烦该有多好！你说能做到吗？”她问。

“怎么说呢……”

“咦，我莫不是在给你添麻烦吧？”

① 美国黑人歌手、作曲家（1940—1984）。

“无所谓。”

“现在无所谓？”

“现在。”

她隔着桌子悄然伸过手，同我的手合在一起，许久才收回。

“明天开始旅行。”

“去哪里？”

“还没定。准备找个又幽静又凉爽的地方。一周左右。”

我点头。

“回来就给你打电话。”

归途车中，我蓦地想起最初幽会的那个女孩，已是七年前的往事了。

感觉上，幽会时间里她似乎始终一个劲地问我是否觉得没意思。我们看了普莱斯利①主演的电影。主题歌是这样的：

我和她吵了一架，

所以写封信给她：

① 美国摇滚乐歌手（1935—1977），俗称猫王。

是我错了，原谅我吧。

可是信原样返回：

“姓名不详地址差。”

时光流得着实太快。

23

第三个同我睡觉的女孩，称我的阴茎为“你存在的理由”。

以前，我曾想以人存在的理由为主题写一部短篇小说。小说终归没有完成，而我在那段时间里由于连续不断地就人存在的理由进行思考，结果染上了一种怪癖：凡事非换算成数值不可。我在这种冲动的驱使下整整生活了八个月之久。乘电车时先数乘客的人数，数楼梯的级数，一有时间就测量脉搏跳动的次数。据当时的记录，一九六九年八月十五日至翌年四月三日之间，我听课三百五十八次，性交五十四次，吸烟六千九百二十一支。

那些日子里，我当真以为这种将一切换算成数值的做法也许能向别人传达什么，并且深信只要有什么东西向别人传达，我便可以确确实实地存在。然而无须说，任何人都不会对我吸烟的支数、所上楼梯的级数以及阴茎的尺寸怀有半点兴致。我感到自己失去了存在的理由，只落得顾影自怜。

因此，当我得知她的噩耗时，正在吸第六千九百二十二支烟。

24

这天夜里，鼠一滴啤酒未沾。这绝非好的征兆。他因而一口气喝了五杯冰镇占边威士忌。

我们在酒吧的幽暗角落里玩弹子球来消磨时间。这玩艺儿实在毫无价值可言：花几枚零币，换取它提供僵死的时间。然而鼠对什么都一本正经。因此我在六局之中能赢上两局已近于奇迹。

“喂，怎么搞的？”

“没什么。”鼠说。

我们返回餐桌，继续喝啤酒和占边威士忌。

两人几乎没有交谈，只是默默地、不经意地听着自动点唱机继续播放的唱片：《普通人》、《伍德斯托克》、《天空中的精灵》、《来呀孤独的少女》……

“有事相求。”鼠开口道。

“什么事？”

“希望你去见个人。”

“……女的？”

鼠略显犹豫，然后点了点头。

“为什么求我？”

“舍你有谁？”鼠快速说罢，喝下了第六杯威士忌的第一口。“有西装和领带？”

“有。可是……”

“明天两点。”鼠说，“喂，你知道女人到底靠吃什么活着？”

“皮鞋底。”

“哪里会！”

25

鼠最喜欢吃的东西是刚出锅的热蛋糕，他将几块重叠放在一个深底盘内，用小刀整齐地一分为四，然后将一瓶可口可乐浇在上面。

我第一次去鼠家时，他正在五月暖融融的阳光下搬出餐桌，往胃袋里冲灌这种令人反胃的食物。

“这种食物的优点，”鼠对我说，“是将吃的和喝的合二为一。”

宽敞的院子里草木葱茏，各式各样的野鸟从四面飞来，拼命啄食洒满草坪的爆米花。

26

谈一下我睡过的第三个女孩。

谈论死去的人是非常困难的事情，更何况是年纪轻轻便死去的女郎。她们由于一死了之而永葆青春年华。

相反，苟活于世的我们却年复一年、月复一月、日复一日地增加着年龄。我甚至时常觉得每隔一小时便长了一岁。而可怕的是，这是千真万确的。

她绝对不是美人。但“不是美人”这种说法也未必公正。我想正确的说法应该是：“她不是长得对她来说相得益彰的那种类型的

美人。”

我只存有她的一张照片。背面写有日期，一九六三年八月，即肯尼迪总统被子弹射穿头颅的那年。她坐在一处像是避暑胜地的海岸防波堤上，有点不大自然地微微含笑。头发剪得很短，颇有赛伯格[①]风度（总的说来，那发型使我联想起奥斯威辛集中营），身穿下摆偏长的红方格连衣裙。她看上去带有几分拘泥，却很美，那是一种似乎能够触动对方心中最敏感部分的美。

轻轻合拢的双唇，犹如纤纤触角一般向上翘起的鼻子，似乎是自己修剪的刘海不经意地垂挂在宽宽的前额，由此到略微隆起的脸颊之间，散布着粉刺淡淡的遗痕。

她十四岁，这是她二十一载人生中最美的一瞬间。接着，美就突然逝去了——我只能这样认为。究竟那种事是由于什么、为了什么而发生的，我无法捉摸，别人也全然不晓。

她一本正经地（不是开玩笑）说她上大学是因为受到天的启示。当时还不到凌晨四点，我们赤身裸体地躺在床上。我问所谓天

① 美国电影演员（1938—1979）。

的启示是怎么回事。

“那怎么晓得呢，”她说。稍顷，又补充道：“不过，那就像是天使的翅膀从天而降。”

我想象天使的翅膀飘落大学校园的情景。远远看去，宛如一方卫生纸。

关于她为什么死，任何人都不清楚。我甚至怀疑她本人恐怕也不明了。

27

我做了个噩梦。

我成了一只硕大的黑鸟，在森林上空向西飞去，而且身负重伤，羽毛上沾着块块发黑的血迹。西天有一块不吉祥的黑云遮天盖地，四周飘荡着隐隐雨腥。

许久没做梦了。由于时隔太久，我花了好半天才意识到这是梦。

我从床上翻身下来，拧开淋浴喷头冲去全身讨厌的汗腻，接着用烤面包片和苹果汁对付了早餐。由于烟和啤酒的关系，喉头竟有一股被旧棉花整个堵塞的感觉。把餐具扔进洗涤槽之后，我挑出一套橄榄绿布料西装，一件最大限度地熨烫工整的衬衣和一条黑针织领带，抱着它们坐在客厅的空调机前。

电视里新闻播音员自以为是地断言今天将达到本夏季最高温度。我关掉电视，走进隔壁哥哥的房间，从庞大的书山里找出几本书，歪在客厅沙发里读起来。

两年前，哥哥留下满屋子书和一个女友，未说任何缘由便去了美国。有时她和我一起吃饭，还说我们兄弟俩实在相似得很。

“什么地方？”我惊讶地问。

“全部。”她说。

或许如她所说。这也是我们轮流擦了十年皮鞋的结果，我想。

时针指向十二点。想到外面的酷热，心里不免有点发怵，但我还是系上领带，穿好西装。

时间绰绰有余，加之无所事事，我便开车在市内缓缓兜风。街市细细长长，细长得叫人可怜，从海边往山前伸展开去。溪流，网球场，高尔夫球场，鳞次栉比的房屋，绵绵不断的围墙，几家还算漂亮的餐馆、服装店，古旧的图书馆，夜来香姿影婆娑的草地，有猴栏的公园——城市总是这副面孔。

我沿着山麓特有的弯路转了一阵子，然后沿河畔下到海边，在河口附近下得车，把脚伸到河水里浸凉。网球场上有两个晒得红扑扑的女孩，戴着白帽和墨镜往来击球。阳光到午后骤然变得势不可挡，两人的汗珠随着球拍的挥舞飞溅在网球场上。

我观看了五分钟，随后转身上车，放倒车座的靠背，闭目合眼，茫然听着海涛声和其间夹杂的击球声，听了好一会儿。柔和的南风送来海水的馨香和柏油路面的焦味，使得我想起往昔的夏日。女孩肌体的温存，过时的摇滚乐，刚刚洗过的无袖衫，在游泳池更衣室吸烟时的甘美，稍纵即逝的预感—— 一幕幕永无休止的甜蜜的夏日之梦。而在某一年的夏天（何时来着？），那梦便一去杳然，再也不曾光临。

两点不多不少，我把车开到杰氏酒吧门前，只见鼠正坐在路旁护栏上，看卡赞扎基斯①的《基督最后的诱惑》。

“她在哪儿？”我问。

鼠悄然合上书，钻进车，戴上墨镜。

“算了。”

“算了？”

“是算了。”

我叹口气，松开领带，把上衣扔到后排座席，点上一支烟。

① 希腊诗人、小说家（1883—1957）。

“那么，总得有个去处吧？”

“动物园。”

“好啊。”我应道。

28

谈一下城市——我出生、成长，并且第一次同女孩睡觉的城市。

前面临海，后面依山，侧面有座庞大的港口。其实城市很小。从港口回来，如果驱车在国道上疾驰，我是概不吸烟的。因为还不等火柴擦燃，车便驰过了市区。

人口七万略多一点，这个数目五年后恐怕也不会变。这些人差不多都住在带有小院的二层楼里，都有小汽车，不少人家还有两辆。

此数字并非我的随意想象，而是市政府统计科每年年底正式发表的。拥有二层小楼住房这点确实够开心的。

鼠的家是三层楼，天台上还带有温室。车库是沿斜坡开凿出来的地下室，父亲的“奔驰”和鼠的“凯旋 TRⅢ”相亲相爱地并排停在那里。奇怪的是，鼠家里最有家庭气氛的倒是这间车库。车库甚是宽敞，似乎连小型飞机都停得进去，里面还紧挨紧靠地摆着型号过时或厌弃不用的电视机、电冰箱、沙发、成套餐具、音响、餐柜等什物。我们经常在这里喝啤酒，度过一段愉快的时光。

对鼠的父亲，我几乎一无所知，也没见过。我问过是何等人物，鼠答得倒也干脆：年纪远比他大，男性。

听人说，鼠的父亲从前好像穷得一塌糊涂，那是战前。战争快开始时他好歹搞到一家化学药物工厂，卖起了驱虫膏，效果如何虽颇有疑问，但碰巧赶上战线向南推进，那软膏便卖得如同飞起来一般。

战争一结束，他便把软膏一古脑儿收进仓库，这回卖起了不三不四的营养剂。待朝鲜战场停火之时，又突如其来地换成了家用洗涤剂。据说成分却始终如一。我看有这可能。

二十五年前，在新几内亚岛的森林里，浑身涂满驱虫膏的日本兵尸体堆积如山；如今每家每户的卫生间又堆有贴着同样商标的厕所用管道洗涤剂。

如此这般，鼠的父亲成了阔佬。

当然，我的朋友里也有穷人家的孩子，他的父亲是市营公共汽车的司机。有钱的公共汽车司机也未必没有，但我朋友的父亲却属于穷的那一类。因为他父亲几乎都不在家，我得以时常去那里玩。他父亲不是开车就是在赛马场，母亲则一天到晚打短工。

他是我高中同学，我们成为朋友是由一段小小的插曲引起的。

一天午休，我正在小便，他来我身旁解开裤口。我们没有交谈，差不多同时结束，一起洗手。

“喂，有件好东西。”他一边往裤子屁股上擦手一边说。

“噢。”

“给你看看？”他从钱夹里抽出一张照片递给我。原来是女人的裸体照，张大了腿，那儿插着一个啤酒瓶。“厉害吧？”

“的确。”

“来我家还有更厉害的哩！”他说。

就这样，我们成了朋友。

这城市里住着各种各样的人。十八年时间里，我在这个地方确实学到了很多东西，它已经在我心中牢牢地扎下根，我几乎所有的回忆都同它联系在一起，但上大学那年春天离开这座城市的时候，我却从心底舒了口长气。

暑假和春假期间我都回到这里，但大多靠喝啤酒打发日子。

29

大约有一个星期，鼠的情况非常不妙。或许由于秋日临近，也可能因为那个女孩的关系。鼠对此只字不吐。

鼠不在时，我抓住杰寻根摸底：

“喂，你说鼠怎么了？”

“这个——我也莫名其妙。莫不是因为夏天快要完了？”

随着秋天的降临，鼠的心绪总是有些消沉，常常坐在餐桌旁呆愣愣地看书，我同他搭话，他也只是无精打采地应付了事。而到暮色苍茫凉风徐来，四周氤氲几丝秋意的时分，鼠便一下子停止了喝啤酒，气急败坏似的大喝冰镇波旁威士忌，无尽无休地往吧台旁的自动点唱机里投硬币，在弹子球机前手拍脚刨，直到亮起警告红灯。杰被弄得惶惶不安。

“怕是有一种被抛弃之感吧，心情可以理解。”杰说。

“是吗？”

“大家都一走了之，有的返校，有的回单位。你也是吧？”

“是啊。”

“要理解才行。”

我点点头。“那个女孩呢？”

“不久就会淡忘的，肯定。”

“有什么不愉快不成？”

“怎么说呢？”

杰含糊了一句，接着去做别的事。我没再追问，往自动点唱机里投下硬币，选了几支曲，回桌旁喝啤酒。

过了十多分钟，杰再次来我跟前问：

“怎么，鼠对你什么也没说？”

“嗯。”

“怪呀。”

“真的怪？”

杰一边反复擦拭手中的玻璃杯，一边深思起来。

“应该想找你商量才是。”

“干嘛不开口？”

“难开口嘛。好像怕遭抢白。”

“哪里还会抢白！”

“看上去像是那样，以前我就有这个感觉。倒是个会体贴人的孩子。你嘛，怎么说呢，好像有些地方已经看破红尘了……可不是把你往差里说。”

“知道。”

“只不过是我比你大二十岁，碰上的晦气事也多。所以，怎么说好呢……”

“苦口婆心。”

“对啰。”

我笑着喝了口啤酒：

“鼠那里由我说说看。”

“嗯,那就好。”

杰熄掉烟,转身回去做事。我起身走进厕所,洗手时顺便照了照镜子,然后又怏怏不快地喝了瓶啤酒。

30

曾有过人人都试图冷静生活的年代。

高中快毕业时，我决心把内心所想的事项只说出一半。起因我忘了，总之好几年时间里我始终秉持这一念头，并且有一天我发现自己果真成了仅说一半话的人。

我并不知道这同冷静有何关系。但如果将一年到头都得除霜的旧式冰箱称为冷静的话，那么我也是这样。

由此之故，我用啤酒和香烟把即将在时间的积水潭中昏昏欲睡的意识踢打起来，同时续写这篇文字。我洗了不知多少次热水淋浴，一天刮两回胡须，周而复始地听旧唱片。此时此刻，落后于时代的彼得、波罗和马丽就在我背后唱道：

“再也无须前思后想，一切岂非已然过往。”

31

第二天，我邀鼠来到山脚下一家宾馆的游泳池。由于夏季将逝，且交通不便，池里只有十来个人。其中一半是美国住客：他们与其说是游泳，莫如说是在专心晒日光浴。

这座由旧华族[①]别墅改建成的酒店，有一方芳草萋萋的庭院，游泳池与主建筑之间隔着一道蔷薇篱笆，沿篱笆爬上略略高出的山坡，海面、港口和街市尽收眼底。

我和鼠在二十五米长的游泳池里竞相游了几个来回，然后并排躺在轻便折叠椅上，喝着冰镇可乐。我调整完呼吸抽罢一支烟的时间里，鼠愣愣地望着一个独自尽情游泳的美国少女。

万里无云的晴空，几架喷气式飞机留下几缕冻僵似的白色航迹线，倏然飞去。

“小时候天上的飞机好像更多来着。”鼠望了眼天空说。

“几乎清一色是美军飞机，有一对螺旋桨的双体家伙。记得？”

“P－38？”

“不，运输机。比P－38大得多，有时飞得很低很低，连空军标志都能看到……此外记得的有DC－6、DC－7，还见过佩刀式喷气机哩。”

“够老的了！”

“是啊，还是艾森豪威尔时代。巡洋舰一进港，就满街都是美国宪兵和水兵。见过美国宪兵？”

“嗯。”

“好些东西都失去了。当然不是说我喜欢军人……”

我点点头。

“佩刀式喷气机真是帅气，只要不投凝固汽油弹。见过凝固汽油弹下落的光景？”

“在战争片里。”

“人这东西想出的名堂真是够多的，而且又都那么精妙。再过十年，恐怕连凝固汽油弹都令人怀念也未可知。”

我笑着点燃第二支烟。“喜欢飞机？”

---

① 旧时日本有爵位的人，位于平民、士族之上。

“想当飞行员来着，过去，可惜搞坏了眼睛，只好死心。”

“真的？”

“喜欢天空，百看不厌。当然不看也可以。”鼠沉默了五分钟，蓦然开口道，“有时候我无论如何都受不了，受不了自己有钱。恨不能一逃了事。你能理解？”

“无法理解。”我不禁愕然，“不过逃就是喽，要是真心那么想的话。”

“……或许那样最好。跑到一处陌生的城市，一切从头开始，也并不坏。”

“不回大学了？”

“算了。也无法回去嘛！”鼠从太阳镜的背后用眼睛追逐仍在游泳的女孩。

“干嘛算了？”

“怎么说呢，大概因为厌烦了吧。可我也在尽我的努力——就连自己都难以置信。我也在考虑别人，像考虑自己的事一样，也因此挨过警察的揍。但到时候人们终究要各归其位，唯独我无处可归，就像玩‘抢椅子’游戏没了椅子。”

“往后做什么？”

鼠用毛巾擦着脚，沉吟多时。

“想写小说，你看如何！”

“还用说，那就写嘛！”

鼠点头。

“什么小说？”

“好小说，对自己来说。我么，不觉得自己有什么才能，我想如果写，起码得写足以使自己本身受到启发的东西才行，否则没有意思。是吧？”

“是啊。”

“或是为自己本身写……或是为知了写。”

“知了？”

“嗯。”鼠捏弄了一会悬挂在裸胸前的肯尼迪硬币垂饰，“几年前，我同一个女孩去过奈良。那是个异常闷热的夏日午后，我俩在山路上走了三个小时。途中遇到的活物，只有留下一声尖叫拔地飞走的野鸟，和路旁不停振翅的知了。因为太热了。

“走了一大阵子，我们找到一处夏草整齐茂密的缓坡，弓身坐下，在沁人心脾的山风的吹拂中擦去汗水。斜坡下面横着一条很深的壕沟，对面是一处古坟，小岛一般高，上面长满苍郁的树木，是古代天皇的。看过？”

我点点头。

“那时我想：干嘛要建造这么个庞然大物呢？……当然，无论什么样的坟墓都自有意义，就是说它告诉人们，无论什么样的人迟早都是一死。问题是那家伙过于庞大，庞大有时候会把事物的本质弄得面目全非。说老实话，那家伙看上去根本就不像墓，是山，壕沟的水面上到处是青蛙和水草，周围栅栏挂满蜘蛛网。

“我一声不响地看着古坟，倾听风掠水面的声响。当时我体会到的心情，用语言绝对无法表达。不，那压根儿就不是心情，而是一种感觉，一种完完全全被包围的感觉。就是说，知了也罢青蛙也罢蜘蛛也罢风也罢，统统融为一体在宇宙中漂流。”

说到这里，鼠喝掉泡沫早已消失的最后一口可乐。

“每次写东西，我都要想起那个夏日午后和树木苍郁的古坟。并且心想，要是能为知了、青蛙、蜘蛛以及夏草和风写点什么，该是何等美妙！”

说罢，鼠双手抱在颈后，默然望着天空。

“那……你是写什么了？”

“哪里，一行也没写成，什么也没写成。”

“是吗？”

“汝等乃地中之盐。”

“？”

“倘盐失效，当以何物为盐？”鼠如此说道。

黄昏时分，阳光黯淡下来。我们离开游泳池，跨进荡出曼托瓦尼[1]的意大利民谣旋律的宾馆小酒吧，端起凉啤酒。宽大的窗口外面，港口的灯火历历在目。

“女孩怎么样了？”我咬咬牙问。

鼠用手背拭去嘴边沾的酒沫，沉思似的望着天花板。

“说白啦，这件事原本打算什么也不告诉你来着。简直傻气得很。”

“不是想找我商量一次么？”

“那倒是。但想了一个晚上，还是免了。世上有的事情是奈何不得的。”

“比如说？”

“比如虫牙：一天突然作痛，谁来安慰都照旧痛个不止。这一来，就开始对自己大为气恼，并接着对那些不对自己生气的家伙无端气恼起来。明白？”

“多多少少。”我说，“不过你认真想想看：条件大伙都一样，就像同坐一架出了故障的飞机。诚然，有的运气好些有的运气

[1] 英国指挥家、作曲家(1905—1980)。生于意大利。

差些，有的坚强些有的懦弱些，有的有钱有的没钱。但没有一个家伙怀有超乎常人的自信，大家一个样，拥有什么的家伙生怕一旦失去，一无所有的家伙担心永远一无所有，**大家一个样**。所以，早些觉察到这一点的人应该力争使自己多少怀有自信，哪怕装模作样也好，对吧？什么自信之人，那样的人根本没有，有的不过是能够装出自信的人。”

“提个问题好么？”

我点点头。

“你果真这样认为？”

“嗯。”

鼠默然不语，久久盯着啤酒杯不动。

“就不能说是说谎？”鼠神情肃然。

我用车把鼠送回家，而后一个人走进杰氏酒吧。

“说了？”

“说了。”

“那就好。”

杰说罢，把炸薯片放在我面前。

32

哈特费尔德这位作家，他的作品尽管量很庞大，却极少直接涉及人生、抱负和爱情。在比较严肃的（所谓严肃，即没有外星人或怪物出场之意）半自传性质的作品《绕虹一周半》（一九三七年）中，哈特费尔德以混合着嘲讽、冷言恶语、开玩笑和正话反说的语气，极为简洁地道出了他的肺腑之言：

“我向这房间中至为神圣的书籍、即按字母顺序编印的电话号码簿发誓：写实，我仅仅写实。人生是空的。但当然有救。因为在其开始之时并非完全空空如也，而是我们自己费尽千辛万苦、无所不用其极地将其磨损以至彻底掏空的。至于如何辛苦、如何磨损，在此不一一叙述。因为很麻烦。如果有人无论如何都想知道，那么请去阅读罗曼·罗兰著的《约翰·克利斯朵夫》。一切都写在那里。”

哈特费尔德之所以对《约翰·克利斯朵夫》大为欣赏，原因之一是由于书中对一个人由生至死的过程描写得无微不至、有条不紊；二是由于它是一部长而又长的长篇。他一向认为，既然小说是一种信息，那就必须是可以用图表和年表之类表现出来的，而且其准确性和量堪成正比。

对于托尔斯泰的《战争与和平》，他往往持批评态度。他说，问题当然不在量的方面，而在于其中宇宙观念的阙如，因而作品给人的印象不够谐调。他使用到“宇宙观念”这一字眼时，大多是意味着该作品“不可救药”。

他最满意的小说是《佛兰德的狗》。他说：“喂，你能相信狗是为一幅画而死的？”

一位新闻记者在一次采访中这样问哈特费尔德：

“您书中的主人公瓦尔德在火星上死了两次，金星上死了一次，这不矛盾么？”

哈特费尔德应道：

“你可知道时间在宇宙空间是怎样流转的？”

“不知道，”记者回答，“可是又有谁能知道呢？”

“把谁都知道的事写成小说，那究竟有何意味可言？”

哈特费尔德有部短篇小说叫《火星的井》，在他的作品中最为标新立异，仿佛在暗示莱伊·布拉德贝利的即将出现。书是很早以前读的，细节已经忘了，现将梗概写在下面：

那是一个青年钻进火星地表无数个无底深井的故事。井估计是几万年前由火星人挖掘的。奇特的是这些井全都巧妙地避开水脉。没有任何人知道他们挖这些东西出于什么目的。实际上，除了这些井，火星人什么都未留下，没有文字没有住宅没有餐具没有铁没有墓没有火箭没有城镇没有自动售货机，连贝壳也没有。唯独有井。至于能否将其称为文明，作为地球人的学者甚难判断。的确，这些井建造得委实无懈可击，虽经几万年的岁月，而砖块却一块都未塌落。

不用说，曾有好几个探险家和考察队员钻进井里。携带绳索者，由于井纵向过深和横洞过长而不得不返回地面；未带绳索者，则无一人返回。

一天，一个在宇宙中往来彷徨的青年钻入井内。他已经厌倦了宇宙的浩渺无垠，而期待悄然死去。随着身体的下降，青年觉得井逐渐变得舒服起来，一股奇妙的力开始温柔地包笼他的全身。下降大约一公里之后，他觅得一处合适的横洞，钻入其中，沿着曲曲折折的路漫无目的地走动不止。不知走了多长时间。表早已停了。或许两小时，也可能两天。全然没有饥饿感和疲劳感，原先感觉到的不可思议的力依然包笼着他的身体。

某一时刻，他突然觉察到了日光，原来是横洞同别的井连在了一起。他沿井壁攀登，重新返回地面。他在井边弓身坐下，望着无遮无拦的茫茫荒野，又望望太阳。是有什么出了错！风的气息、太阳……太阳虽在中天，却如夕阳一般成了橙色的巨大块体。

“再过二十五万年，太阳就要爆炸。啪……OFF。二十五万年，时间也并不很长。”风向他窃窃私语，“用不着为我担心，我不过是风。假如你愿意，叫我火星人也没关系，听起来还不坏嘛！当然话语对我来说是没有意义的。”

“可你是在讲话。”

“我？讲话的是你。我只是给你的心一点提示。”

“太阳是怎么回事，到底？”

“老啦，奄奄一息。你我都毫无办法。”

“干嘛突如其来地……”

“不是突如其来。你在井内穿行之间，时光已流逝了约十五亿年，正如你们的谚语所说，光阴似箭啊。你所穿行的井是沿着时间的斜坡开凿出来的。也就是说，我们是在时间之中彷徨，从宇宙诞生直到死亡的时间里。所以我们无所谓生也无所谓死，只是风。”

“有句话问一下好么？”

“愿闻。”

“你学得了什么？”

大气微微摇颤，风绽出笑容，须臾，亘古不灭的沉寂重新笼罩了火星的表面。青年从衣袋里掏出手枪，用枪口顶住太阳穴，轻轻扣动了扳机。

33

电话铃响了。

“回来啦。”她说。

“想见你啊。”

“现在出得来？”

“没问题。”

“五点钟在 YWCA① 门前。”

“在 YWCA 做什么？”

“法语会话。”

“法语会话？”

“OUI②。”

我放下电话，冲罢淋浴，喝起啤酒。快喝完的黄昏时分，瀑布般的阵雨从天而降。

来到 YWCA时，雨已完全止息。走出门的女孩们满脸疑惑地抬头打量天空，有的撑伞，有的收拢起来。我在门口的对面把车刹住，熄掉引擎，点燃一支烟。被雨淋得黑乎乎的门柱，看上去活像荒野中矗立的两块墓石。YWCA寒碜凄然的建筑物旁边，建起了一座崭新然而廉价的出租楼宇，天台上竖着巨幅的电冰箱广告板，一个身扎围裙的三十岁光景的女子向前倾着身子，尽管看起来十足患有贫血症，但仍然喜不自胜地打开冰箱门，里边的贮藏品也因此得以窥见。

第一层是冰块和一公升香草冰淇淋，以及一包冰冻虾；第二层是蛋盒、黄油、卡门贝干酪、无骨火腿；第三层是鱼和鸡腿；最下边的塑料箱里是西红柿、黄瓜、龙须菜、莴苣、葡萄柚；门上是可口可乐和啤酒各三大瓶，以及软包装牛奶。

等她的时间里，我一直俯在方向盘上逐个琢磨电冰箱里的内容。不管怎样，我总觉得一公升冰淇淋未免过多，而没有色拉调料是致命的疏漏。

---

① Young Women's Christian Association 之略，基督教女青年会。
② 法语"是"之意。

五点稍过，她从门里出来：身穿法国鳄鱼牌淡红色开领半袖衫和一条白布迷你裙，头发在脑后束起，戴副眼镜。一星期不见，她看上去老了三四岁。大概是发型和眼镜的关系。

“好猛的雨。”一钻进助手席她便说道，并且神经质地拉了拉裙摆。

“淋湿了？”

“一点点。”

我从后排座席拿出上次去游泳池以后一直放在那里的海水浴毛巾，递到她手里。她用来擦了擦脸上的汗，又抹了几把头发，还给我。

“开始下的时候在附近喝咖啡来着，发大水似的。”

“不过变得凉快啰！”

“那倒是。”

她点了下头，把胳臂探出窗外，试了试外面的温度。同上次见面时相比，两人之间似乎有一种不大融洽的气氛。

“旅行可愉快？”我试着问。

“哪里去什么旅行，说谎骗你。”

“为什么说谎？”

“一会儿告诉你。”

34

我有时说谎。

最后一次说谎是在去年。

说谎是非常令人讨厌的勾当。不妨说，说谎与沉默是现代人类社会中流行的两大罪过。我们实际上经常说谎，也往往沉默不语。

然而，倘若我们一年四季都喋喋不休，而且喋喋不休的无不真实，那么真实的价值势必荡然无存。

去年秋天，我和我的女友光着身子躺在床上，而且两人都饥不可耐。

“没什么吃的？”我问她。

“找找看。”

她赤条条地翻身下床，打开电冰箱，找到一块旧面包，放进莴苣和香肠简单做成三明治，连同速溶咖啡一起端到床上。那是一个就十月来说多少有点偏冷的夜晚，上床时她身上已经凉透，宛如罐头里的大马哈鱼。

“没有芥末。”

“够高级的了！”

我们裹着被，边嚼三明治边看电视上的老影片。

《桂河大桥》。

最后桥被炸毁时，她长长地呻吟了一声。

“何苦那么死命架桥？”她指着茫然伫立的亚历克·吉尼斯向我问道。

“为了继续保持自豪。”

“唔……”她嘴里塞满面包，就人的自豪问题沉思多时。至于她脑袋里又起了什么别的念头，我无法想象，平时也是如此。

“嗳，爱我么？”

“当然。”

“想结婚？”

“现在、马上？”

“早晚……早着呢。”

“当然想。”

“可在我询问之前你可是只字未提哟！”

“忘提了。”

“……想要几个孩子？”

“三个。”

“男的？女的？”

“女的两个，男的一个。”

她就着咖啡咽下口里的面包，目不转睛地看着我的脸。

“说谎！”她说。

但她错了，我只说过一个谎。

35

我们走进港口附近一家小餐馆，简单吃完饭，随后要了血色玛莉和波旁威士忌。

“想听真实的？”她问。

“去年啊，解剖了一头牛。”

“是么？”

“划开肚子一看，胃里边只有一把草。我把草装进塑料袋，拿回家放在桌上。这么着，每当遇到什么不开心的事，我就对着那草团想：牛何苦好多遍好多遍地反复咀嚼这么难吃又难看的东西呢？”

她淡淡一笑，撅起嘴唇，盯着我的脸看了许久。

“明白了，什么也不说就是。”

我点点头。

“有件事要问你来着，可以么？”

“请。”

“人为什么要死？”

“由于进化。个体无法承受进化的能量，因而必然换代。当然，这只是一种说法。”

“现今仍在进化？”

“一点一点地。”

“为什么进化？”

“对此众说纷纭。但有一点是确切无疑的，即宇宙本身在不断进化。至于是否有某种方向性或意志介入其中，可以暂且不论，总之宇宙是在进化。而我们，归根结蒂不过是其中的一部分罢了。”我放下威士忌酒杯，给香烟点上火。“没有任何人知道那种能量来自何处。”

“是吗？”

“是的。”

她一边用指尖反复旋转杯里的冰块，一边出神地盯视白色的桌布。

“我死后百年，谁也不会记得我的存在了吧？”

“有可能。”我说。

出得店门，我们在鲜明得近乎不可思议的暮色之中，沿着幽静的仓库街缓缓移步。并肩而行，可以隐约感觉出她头上洗发水的气味。轻轻摇曳柳叶的风，使人多少想到夏日的尾声。走了一会儿，她用那只五指俱全的手抓住我的手问：

“什么时候回东京？”

“下星期。有考试的。”

她悄然不语。

“冬天还回来，圣诞节前。十二月二十四日是我生日。”

她点点头，但似乎另有所思。

“山羊座吧？”

“嗯。你呢？”

“一样。一月十日。”

“总好像星运不大好。和耶稣基督相同。”

“是啊。”说着，她重新抓起我的手，“你这一走，我真有些寂寞。”

“后会有期。”

她什么也没说。

每一座仓库都已相当古旧，砖与砖之间紧紧附着光滑的苍绿色苔藓。高高的、黑洞洞的窗口镶着似乎很坚牢的钢筋，严重生锈的铁门上分别贴有各贸易公司的名签，在可以明显闻到海水味儿的地段，仓库街中断了，路旁的柳树也像掉牙似的现出缺口。我们径自穿过野草茂密的港湾铁道，在没有人影的防波堤的仓库石阶上坐下，望着海面。

对面造船厂的船坞已经灯火点点，旁边一艘卸空货物而露出吃水线的希腊货轮，仿佛遭人遗弃似的漂浮不定。那甲板的白漆由于潮风的侵蚀已变得红锈斑驳，船舷密密麻麻地沾满贝壳，犹如病人身上脓疮愈后的硬疤。

我们许久许久地缄口不语，只是一味地望着海面望着天空望着船只，晚风掠过海面而拂动草丛的时间里，暮色渐渐变成淡淡的夜色，几颗银星开始在船坞上方闪闪眨眼。

长时间沉默过后，她用左手攥起拳头，神经质地连连捶击右手的掌心，直到捶得发红，这才怅然若失地盯着手心不动。

“全都讨厌透顶！”她冒出这么一句。

“我也？”

“对不起，”她脸一红，恍然大悟似的把手放回膝头，“你不是讨厌的人。”

“能算得上？”

她浅浅地露出笑意，点了点头，随即用微微颤抖的手给烟点上火。一缕烟随着海面上吹来的风，掠过她的发侧，在黑暗中消失了。

“一个人呆着不动，就听见很多很多人来找我搭话……熟人，陌生人，爸爸，妈妈，学校的老师，各种各样的人。”

我点头。

“说的话大都不很入耳，什么你这样的人快点死掉算了，还有令人作呕的……”

“什么？”

“不想说。”她把吸了两三口的香烟用皮凉鞋碾灭，拿指尖轻轻揉了下眼睛，“你不认为是一种病？”

“怎么说呢？”我摇摇头，表示是不明白。“如果担心，最好找医生看看。”

“不必的，别介意。”她点燃第二支烟，似乎想笑，但没笑出来，“向别人谈起这种话，你是第一个。”

我握住她的手。手依然颤抖不止，指间已渗出冷汗，湿漉漉的。

“我从来都不想说谎骗人！”

“知道。”

我们再度陷入沉默，只是听着微波细浪拍击海堤的声响。沉默的时间很长，竟至忘了时间。

等我注意到时，她早已哭了。我用手指上下抚摸她泪水涟涟的脸颊，搂过她的肩。

好久没有感觉出夏日的气息了。海潮的清香，遥远的汽笛，女孩肌体的感触，洗发水的柠檬味儿，傍晚的和风，缥缈的憧憬，以及夏日的梦境……

然而，这一切宛如挪动过的复写纸，无不同原有位置有着少许然而无可挽回的差异。

36

我们花三十分钟走到她的宿舍。

这是个心情愉快的良宵，加之已经哭过，她的情绪令人吃惊地好。归途中，我们走进几家商店，买了一些看上去可有可无的零碎物品：带有草莓芳香的牙膏、花里胡哨的海水浴毛巾、几种丹麦进口的智力玩具、六色圆珠笔。我们抱着这些登上坡路，不时停止脚步，回头望一眼海港。

“喂，车还停在那里吧？”

“过后再取。”

“明天早上怕不大妥吧？”

“没关系。”

我们接着慢慢走剩下的路。

“今晚不想一个人过。”她对着铺路石说道。

我点了下头。

“可这一来你就擦不成皮鞋了。”

“偶尔自己擦也无妨。”

“擦吗，自己？”

“本分人嘛。”

静谧的夜。

她缓缓翻了个身，鼻尖触在我右肩上。

“冷啊。”

“冷？三十度咧！”

“管它，反正冷。”

我拉起蹬在脚下的毛巾被，一直拉到肩头，然后抱住她。她的身体瑟瑟颤抖不止。

“不大舒服？”

她轻轻摇头：

“害怕。”

“怕什么？”

“什么都怕。你就不怕？”

“有什么好怕！”

她沉默着，一种仿佛在手心上确认我答话分量的沉默。

“想和我性交？”

“嗯。”

“原谅我，今天不成。”

我依然抱着她，默默点头。

“刚做过手术。”

“孩子？”

“是的。”她放松搂在我背上的手，用指尖在我肩后画了几个小圆圈。

“也真是怪，什么都不记得了。”

“真的？”

“我是说那个男的。忘得一干二净，连长的模样都想不起了。”

我用手心抚摸她的头发。

“好像觉得可以喜欢他来着，尽管只是一瞬间……你可喜欢过谁？”

“啊。”

“记得她的长相？”

我试图回想三个女孩的面庞，但不可思议的是，居然一个都记不清晰。

“记不得。”我说。

“怪事，为什么？”

“因为或许这样才好受。”

她把脸颊贴在我赤裸的胸部，无声地点了几下头。

“我说，要是十分想干的话，是不是用别的……”

“不不，别多想。”

“真的？”

“嗯。”

她手臂再次用力搂紧我的背，胸口处可以感觉出她的乳房。我想喝啤酒，想得不行。

“从好些好些年以前就有很多事不顺利。”

“多少年前？”

“十二、十三……父亲有病那年。再往前的事一件都不记得了。全都是顶顶讨厌的事。恶风一直在头上吹个不停。”

“风向是会变的嘛。”

“真那么想？”

“总有一天。”

她默然良久。沙漠一般干涸的沉默，把我的话语倏地吞吸进去，口中只剩下一丝苦涩。

“好几次我都尽可能那么想，但总是不成。也想喜欢上一个人，也想坚强一些来着。可就是……”

我们往下再没开口，相互抱在一起。她把头放在我胸上，嘴唇轻轻吻着我的乳头，就那样像睡熟了一样久久未动。

她久久、久久地一声不响。我迷迷糊糊地望着幽暗的天花板。

“妈妈……”

她做梦似的悄然低语。她睡过去了。

37

噢，还好吗？N.E.B广播电台，现在是流行音乐电话点播节目时间。又迎来了周末夜晚。往下两个小时，只管尽情欣赏精彩的音乐。对了。今年夏天即将过去，怎么样，这个夏天不错吧？

今天放唱片之前，介绍一封你们大家的来信。我来读一下。信是这样的：

您好！

每个星期都饶有兴味地收听这个节目。转瞬之间，到今年秋天便是住院生活的第三年了。时间过得真快。诚然，对于从有良好空调设备病房的窗口观望外面景色的我来说，季节的更迭并无任何意义。尽管如此，每当一个季节离去，而新的季节降临之时，我心里毕竟有一种跃动之感。

我十七岁。三年来，不能看书，不能看电视，不能散步……不仅如此，连起床、翻身都不可能。这封信是求一直陪伴我的姐姐代写的，她为了看护我而中断了大学学业，我当然真诚地感谢她。三年时间里，我都在床上学习。事情无论多么凄惨，也还是可以从中学到什么。正因如此，我才得以一天一天生存下来。

我的病听说叫脊椎神经症，是一种十分棘手的病，当然康复的可能性也是有的，尽管只有百分之三……这是医生（一个极好的人）告诉我的同类病症康复的比例。按他的说法，较之新投手面对巨人队高手击球得分，这个数字是够乐观的。或者说基本上相当于把对方完全封死那个难度。

有时想到要是长此以往，心里就怕得不行，真想大声喊叫。就这样像块石头一样终身躺在床上眼望天花板，不看书，不能在风中行走，也得不到任何人的爱，几十年后在此衰老，并且悄悄死去——每当想到这里，我就悲哀得难以自已。半夜三点睁眼醒来，时常觉得好像听见自己的脊梁骨一点点溶化的声音，说不定实际也是如此。

算了，不说这些不快的事了。我要按照姐姐一天几百回向我说的那样，尽可能只往好的方面想，晚上好好睡觉，因为不快的事情大半是在夜晚想到的。

从医院的窗口可以望见港口。我不禁想象：假如每天清晨我能从床上起来步行到港口，满满地吸一口海水的清香……倘能如愿以偿——哪怕只有一次——我也会理解世界何以这般模样，我觉得。而且，如果真能多少理解这点，那么纵使在床上终老此生，恐怕我也能忍耐。

再见，祝您愉快！

没有署名。

收到这封信是昨天三点多钟。我走进电台里的咖啡室，边喝咖啡边看信。傍晚下班，我走到港口，朝山那边望去。既然从你病房可以望见港口，那么港口也应该可以望见你的病房，是吧？山那边的灯光真够多的。当然我不晓得哪点灯光属于你的病房。有的属于贫家寒舍，有的属于深宅大院，有的属于宾馆酒楼，有的属于校舍或公司。我想，世上的的确确有多种多样的人以各种各样的方式活着。产生这样的感觉还是第一次。想到这里，眼泪不由得夺眶而出，我实在好久未曾哭过了。不过，好么，我并非为同情你而哭。我想说的只是这样一句话——只说一次，希望你听真切才好：

我、爱、你们！

十年以后，如果还能记得这个节目，记得我放的唱片和我这个人，那么也请想起我此时说的这句话。

下面我放她点播的歌曲，普莱斯利的《好运的咒符》。曲终之后，还有一小时五十分，再回到平时的狗相声演员上来。

谢谢收听。

38

准备回东京这天的傍晚，我抱着小旅行箱直接赶到杰氏酒吧。还没有开始营业，杰把我让到里边，拿出啤酒。

“今晚坐大巴回去。”

杰一边给用来做炸薯片的马铃薯削皮，一边连连点头。

“你不在，我要寂寞的。猴子的搭档也散伙了。”杰指着柜台上挂的版画说道，“鼠也肯定觉得孤单。”

“呃。”

“东京有意思？”

“哪儿都一个德性。”

“怕也是。东京奥运会以来，我还没离开过这座城市一步呢。”

“喜欢这城市？”

“你也说了，哪儿都一个德性。”

“嗯。”

“不过过几年想回一次中国，还一次都没回过……每次去港口看见船我都这样想。”

“我叔叔是在中国死的。”

“噢……很多人都死了。都是兄弟。”

杰招待了我几瓶啤酒，还把刚炸好的薯片装进塑料袋叫我带着。

“谢谢。”

“不用谢，一点心意……说起来，一转眼都长大了。刚见到你时，还是个高中生哩。”

我笑着点头，道声再见。

“多保重！”杰说。

酒吧八月二十六日这天的日历下面，写有这样一句格言：

“慷慨付出的，便是经常得到的。”

我买了张夜班大巴的票，坐在候车室凳子上，专心望着街上的灯火。随着夜迟更深，灯火渐次稀落，最后只剩下路灯和霓虹灯。汽笛夹带习习的海风由远而近。

大巴门口，两个乘务员站在两边检查车票和座号。我递出车票，他说道："21号中国[①]。"

"中国？"

"是的。21号C席，C是第一个字母。A是美国，B是巴西，C是中国，D是丹麦。听错了可不好办。"

说着，他用手指了一下正在确认座位表的同伴。我点头上车，坐在21号C席上，开始吃还热乎乎的炸薯片。

一切都将一去杳然，任何人都无法将其捕获。

我们便是这样活着。

① 原文中用的是"中国"的英文发音China。

39

我的故事到这里结束了。自然有尾声。

我二十九岁，鼠三十岁，都已是老大不小的年纪了。杰氏酒吧在马路扩建时改造了一番，成了面目一新的漂亮酒吧。但杰仍一如往日，每天削满一桶马铃薯，一边嘟嘟囔囔地说常客们还是从前的好，一边不停地喝啤酒。

我结了婚，在东京过活。

每当有萨姆·佩金帕[①]的电影上映，我和妻子便到电影院去，回来的路上在日比谷公园喝两瓶啤酒，给鸽子撒些爆玉米花。萨姆·佩金帕的影片中，我中意的是《惊天动地抢人头》，妻子则说《护航队》最好。佩金帕以外的影片，我喜欢《钻石与灰烬》，她欣赏《修女乔安娜》。生活时间一长,连趣味恐怕都会变得相似。

如果有人问:幸福吗?我只能回答:或许。因为所谓理想到头来就是这么回事。①

鼠仍在写他的小说，每年圣诞节都寄来几份复印本。去年写的是精神病院食堂里的一个厨师，前年以《卡拉马佐夫兄弟》为基础写了滑稽乐队的故事。他的小说始终没有性场面，出场人物没有一个死去。

其原稿纸的第一页上经常写着:

“生日快乐

并

圣诞幸福”

因为我的生日是十二月二十四日。

那位左手只有四个手指的女孩，我再未见过。冬天我回来时，她已辞去唱片店的工作，宿舍也退了，在人的洪流与时间的长河中消失得无影无踪。

---

① 美国电影导演(1925—1984)。

等到夏天回去，我便经常走那条同她一起走过的路，坐在仓库石阶上一个人眼望大海。想哭的时候却偏偏出不来眼泪，每每如此。

《加利福尼亚少女》那张唱片，依然待在我唱片架的一角。每当夏日来临，我都抽出倾听几次，而后一面想加利福尼亚一面喝啤酒。

唱片架旁边是一张桌子，上方悬挂着干得一如木乃伊的草团——从牛胃里取出的草。

死去的法文专业女孩的照片，在搬家时弄丢了。

沙滩男孩乐队时隔好久以后推出了新唱片。

假如出色的少女全都是

加利福尼亚州的……

40

最后再谈一下哈特费尔德。

哈特费尔德一九〇九年生于俄亥俄州一座小镇，并在那里长大。父亲是位沉默寡言的电信技师，母亲是善于星占和烤曲奇的微胖的妇女。哈特费尔德生性抑郁，少年时代没有一个朋友，每有时间就浏览漫画书和通俗刊物，吃母亲做的曲奇，如此从高中毕业。毕业后他在镇上的邮局工作，但时间不长。从这时开始，他确信只有当小说家才是自己的唯一出路。

他的第五个短篇投给《Weird Tales》①是在一九三〇年，稿费二十美元。第二年整一年时间里，他每月平均写七万字，转年达十万字以上，去世前一年已是每月十五万字。据说他每半年便要更换一部雷明顿打字机。

他的小说几乎全是冒险和妖魔鬼怪方面的,二者熔为一炉的有《冒险儿瓦尔德》系列小说。这是他最受欢迎的作品,共有四十二部。在那里边,瓦尔德死了三次,杀了五千个敌人,同包括火星女人在内的三百七十五个女子发生了性关系。其中几部我们可以读到译作。①

哈特费尔德憎恶的对象相当之多,邮局、高中、出版社、胡萝卜、女人、狗……数不胜数。而合他心意的则只有三样:枪、猫和母亲烧制的曲奇。除去派拉蒙电影公司和 FBI② 的研究所,他所收藏的枪支恐怕是全美国最齐全的,除高射炮和反坦克炮以外无所不有。其中他最珍爱的是一把枪柄镶有珍珠的 38 口径左轮手枪,里面只装一发子弹。他经常挂在嘴上的话是:“我迟早用它来给自己一发。”

然而,当一九三八年他母亲去世之际,他特意赶到纽约爬上帝国大厦,从天台上一跃而下,像青蛙一样瘪瘪地摔死了。

按照他的遗嘱,其墓碑上引用了尼采这样一句话:

“白昼之光,岂知夜色之深。”

① 美国主要刊发科幻、魔幻小说的刊物。
② Federal Bureau of Investigation 之略。(美国)联邦调查局。

哈特费尔德，再次……

（代跋）

我无意说假如我碰不上哈特费尔德这位作家，恐怕不至于写什么小说，但是我所走的道路将完全与现在不同，这点却是毋庸置疑的，我想。

高中时代，我曾在神户的旧书店里一气买了好几本估计是外国船员丢下的哈特费尔德的平装书。一本五十日元。如果那里不是书店，绝对不会被视为书籍。花花绿绿的封面脱落殆尽，纸也成了橙黄色，想必是搭乘货轮或驱逐舰下等船员的床铺横渡太平洋，而后经过漫长的时光来到我桌面上的。

几年以后，我来到了美国。这是一次短暂的旅行，目的只是为了探访哈特费尔德之墓。墓所在的地点是一位（也是唯一的）热心的哈特费尔德研究专家托马斯·麦克卢尔先生写信告诉的。他写道："墓很小，小得像高跟鞋的后跟，注意别看漏。"

从纽约乘上如巨大棺材般的大型公共汽车出发，到达俄亥俄州这座小镇时是早上七点。除了我，没有任何人在这里下车。穿过小镇郊外一片荒野，便是墓地。墓地比小镇子还大。几只云雀在我头上一边盘旋一边歌唱。

整整花了一个小时，我才找到哈特费尔德的墓。我从周围草地采来沾有灰尘的野蔷薇，对着墓双手合十，然后坐下来吸烟。在五月温存的阳光下，我觉得生和死都同样闲适而平和。我仰面躺下，谛听云雀的吟唱，听了几个小时。

这部小说便是从这样的地方开始的，而止于何处我却不得而知。“同宇宙的复杂性相比，”哈特费尔德说，“我们这个世界不过如蚯蚓的脑髓而已。”

但愿如此，但愿。

最后，我要感谢上面提到的麦克卢尔先生——在哈特费尔德的事迹记述方面，有若干处引自先生的力作《不妊群星的传说》（Thomas Mcclure；The Legend of the Sterile Stars：1968）。谢谢。

一九七九年五月

村上春树

村上春树年谱

1949 年

1 月 12 日出生于日本关西京都市伏见区，为国语教师村上千秋、村上美幸夫妇的长子。出生不久，家迁至兵库县西宫市夙川。

1955 年　6 岁

入西宫市立香栌园小学就读。

1961 年　12 岁

入芦屋市立精道初级中学就读。

1964 年　15 岁

入兵库县神户高级中学就读。

1968 年　19 岁

到东京，入早稻田大学第一文学部戏剧专业就读。

1971 年　22 岁

以学生身份与夫人阳子结婚。

1974 年　25 岁

开办爵士乐酒吧。

1975 年　26 岁

大学毕业。毕业论文题目是《美国电影中的旅行思想》。

1979 年　30 岁

长篇小说《且听风吟》出版，获第 23 届群像新人奖。

1980 年　31 岁

长篇小说《1973 年的弹子球》出版。

1981 年　32 岁

转让酒吧，专业从事创作。移居千叶县船桥市。与村上龙的对谈集《慢慢走，别跑》出版。

1982 年　33 岁

长篇小说《寻羊冒险记》出版，获野间文艺新人奖。

1983 年　34 岁

曾赴希腊旅行。短篇集《去中国的小船》、《遇到百分之百的女孩》、插图短篇集《象厂喜剧》出版。

1984 年　35 岁

曾赴美国旅行。短篇集《萤》、随笔集《村上朝日堂》出版。

1985 年　36 岁

长篇小说《世界尽头与冷酷仙境》、短篇集《旋转木马鏖战记》、插图童话《羊男的圣诞节》、与川本三郎合作的评论集《电影冒险记》出版。《世界尽头与冷酷仙境》获第 21 届谷崎润一郎奖。

1986 年　37 岁

移居神奈川县大矶町，赴意大利、希腊旅行。短篇集《再袭面包店》、随笔集《村上朝日堂的卷土重来》、插图随笔集《朗格汉岛的午后》出版。

1987 年　38 岁

从希腊回国。随笔集《日出国的工厂》、长篇小说《挪威的森林》出版。

1988 年　39 岁

曾赴伦敦、意大利、希腊、土耳其旅行。长篇小说《舞！舞！舞！》出版。

1989 年　40 岁

曾赴希腊、德国、奥地利旅行，回国后赴纽约。随笔集《村上朝日堂　嗨嗬！》、《小而有用的事》出版。

1990 年　41 岁

回国。短篇集《电视人》、八卷本《村上春树作品集，1979—1989》、旅行记《远方的鼓声》、《雨天炎天》出版。

1991 年　42 岁

赴美国新泽西州普林斯顿大学任客座研究员。

1992 年　43 岁

长篇小说《国境以南　太阳以西》出版。

1993 年　44 岁

赴美国马萨诸塞州剑桥城塔夫茨大学任职。

1994 年　45 岁

曾赴中国、蒙古旅行。随笔集《终究悲哀的外国语》、长篇小说《奇鸟行状录》第一、二部出版。

1995 年　46 岁

从美国回国。《奇鸟行状录》第三部出版。

1996 年　47 岁

在东京采访地铁沙林毒气事件受害者。随笔集《村上朝日堂日记·漩涡猫的找法》、短篇集《列克星敦的幽灵》、对谈集《去见村上春树·河合隼雄》出版。《奇鸟行状录》获第 47 届读卖文学奖。

1997 年　48 岁

东京地铁沙林毒气事件受害者采访集《地下》、随笔集《村上朝日堂是如何锻造的》、文学评论集《为了年轻读者的短篇小说导读》、插图传记集《爵士乐群英谱》出版。

1998 年　49 岁

旅行记《边境·近境》、漫画集《毛绒绒软蓬蓬》、《地下》的续篇《约定的场所》出版。《约定的场所》获 1999 年度桑原武夫奖。

1999 年　50 岁

曾赴北欧旅行。长篇小说《斯普特尼克恋人》出版。

2000 年　51 岁

短篇集《神的孩子全跳舞》出版。

2001 年　52 岁

插图传记集《爵士乐群英谱 2》、随笔集《村上广播》、插图随笔集《轻飘飘》出版。

2002 年　53 岁

长篇小说《海边的卡夫卡》、插图旅行记《如果我们的语言是威士忌》出版。

2003 年　54 岁

E-mail 通讯集《少年卡夫卡》出版。

2004 年　55 岁

长篇小说《天黑以后》出版。

2005 年　56 岁

插图小说《奇怪的图书馆》、随笔集《没有意义就没有摇摆》出版。

2006 年　57 岁

短篇集《东京奇谭集》出版。

2007 年　58 岁

获 2006 年度朝日奖。随笔集《谈跑步时我说的东西》、插图小说集《村上曲》出版。

2009 年　60 岁

长篇小说《1Q84》第一、二部出版。

2010 年　61 岁

长篇小说《1Q84》第三部出版。

2012 年　63 岁

与小泽征尔合著的《谈小泽征尔与音乐》获第 11 届小林秀雄奖。

2013 年　64 岁

长篇小说《没有色彩的多崎作和他的巡礼年》出版。

2014 年　65 岁

短篇集《没有女人的男人们》出版。

2017 年　68 岁

长篇小说《刺杀骑士团长》出版。